On est ensemble

Au-delà du témoignage
Collection dirigée par Dominique Davous

Ces femmes, ces hommes qui écrivent dans cette collection confrontent le lecteur à la puissance du témoignage, conçu aussi bien comme rapport à l'événement extraordinaire - celui qui fait de vous un autre - que comme rapport au quotidien ordinaire de la démarche d'une vie construite dans la durée. Puis, retraversant leur vécu, ils en dégagent les lignes de force, ils introduisent la pensée dans l'expérience, rejoignent l'universel dans le singulier et, au-delà de leur témoignage, risquent une parole critique pour suggérer d'autres possibles. L'expérience vivante de leur histoire incite le lecteur à la laisser résonner en lui.

L'enfant est au cœur de la collection, l'enfant à naître, l'enfant vivant, l'enfant bien portant qu'il soit bien ou mal traité, l'enfant malade, l'enfant qui meurt aussi. La collection porte des regards sur la médecine, les soins, des démarches thérapeutiques, l'éducation et les personnes âgées malades.

Dernières parutions

Virginie COËDELO, Elisabeth de GENTIL-BAICHIS, *Les jours de pluie ne reviendront pas*, 2019.
Laurence VOLLIN, *Hors protocole. Handicap, autisme, famille, fratrie... Décalage,* 2019.
Gérard GIUBILATO, *Et en toi un été invincible. Itinéraire avec le cancer de notre fille*, 2018.
Jessica BERGMANN VANOLI, *Ugo sans H. Vers l'école inclusive pour les enfants avec autisme*, 2017.
Jeanne AUBER, *La nouvelle histoire de la princesse aux petits pois, Conte de Noël hors norme,* 2017.
Claire DEVEZE, *Mais pour dormir, vous faisiez comment ? Moi, Ange Ayora, résistant, déporté* (2e édition), 2017.
Catherine GUILLEROT-RENIER, *La traversée d'Ariane. Sur les traces de ma fille disparue*, 2017.
Anne BONNELIE, *Prélude à l'après-midi d'un enfant défunt,* 2016.
Annie SABY, *L'annonce du handicap d'un enfant. Au cœur de l'intime,* 2016.

Adrien Degouve

On est ensemble

L'Harmattan

5-7, rue de l'École polytechnique, 75005 Paris

www.harmattan.fr

ISBN : 978-2-14-032371-3
EAN : 9782140323713

La vie est belle. Je me suis réveillé à côté de la femme que j'aime. Et qui m'aime, je crois. Quelques minutes plus tard, nous avons contemplé les premières lueurs du jour à travers la baie vitrée du salon. Le Parc de la Villette se réveillait, les nuages se reflétaient sur le canal. Une fois de plus, nous nous sommes félicités pour notre récent achat immobilier. La journée ne pouvait pas mieux commencer. Pourtant, il n'est même pas midi et j'ai envie de pleurer.

Ce matin, tout allait bien. Je suis arrivé au bureau de bonne heure et de bonne humeur. J'étais l'un des premiers – les lève-tôt sont rares dans le monde merveilleux des start-ups. J'ai bien avancé sur mes projets. Il y a juste eu cette petite contrariété. Ce « cool » à double sens prononcé par mon « boss » en réaction à l'une de mes propositions, que je trouvais brillante. Hier, en l'entendant, j'aurais sûrement emprunté la voie de l'autosatisfaction et je me serais auto-félicité du travail bien fait. Mais aujourd'hui, ce « cool » a ouvert une brèche en moi. « Cool », c'est tout ? Tu sais combien d'heures j'ai passées sur ce fichier ? Tu te rends compte que quatre-vingt-dix-neuf virgule neuf neuf neuf neuf neuf pour cent des gens seraient incapables de pondre quelque chose de cette qualité ? Ou alors, peut-être que je m'enflamme. Peut-être que ma proposition est à mon image : d'une affligeante banalité.

La brèche s'est vite transformée en gouffre. Je me sens maintenant incapable d'avoir la moindre idée constructive. Il y a quelques temps, j'aurais fumé pour éclaircir artificiellement cet horizon obscurci par un épais brouillard de « je suis qu'une merde ». J'aurais peut-être aussi envisagé la possibilité abstraite du suicide pour apaiser mes angoisses. Mais aujourd'hui, je ne suis plus mon propre patron. Je n'ai ni la place ni l'envie de recourir à ces deux subterfuges douteux. Je n'ai pas non plus envie de faire semblant. Alors quand ma collègue du bureau d'à côté me demande si je veux aller chercher un truc à manger, je prétexte un coup de fil à passer pour m'esquiver.

L'instant d'après, je ressors de la boulangerie un sac en plastique à la main – l'incarnation du mal, je sais bien, mais bon, au point où j'en suis, ma culpabilité bobo-écolo s'en remettra. Dedans, le triptyque magique : jambon-beurre – part de flan – Coca Zero. Je dévore mon sandwich en marchant. Ça devrait me faire du bien. Direction le jardin du Palais-Royal. À moins que. Sans trop savoir pourquoi, je change de programme. Tant pis pour les si chics allées du parc. Me voilà Place des Petits-Pères. Face à moi, la Basilique Notre-Dame-des-Victoires. Je ne crois pas franchement en Dieu. Ce n'est pourtant pas la première fois que je viens chercher chez cette vieille dame en pierre un havre de paix intérieure. C'est de plus en plus rare ces derniers temps, mais il m'est arrivé d'y digérer quelques autres jambon-beurre. Il faut dire que ce n'est pas comme s'il y avait des options par millions dans le quartier. Partout ici, des gens. Partout ici, du bruit. Je pousse la lourde porte en bois.

Debout devant la statue de je ne sais quelle sainte, j'attends maintenant qu'une vague de sérénité envahisse mon corps. Ce n'est pas simple aujourd'hui. J'ai beau le chasser, le « cool » revient de plus belle, accompagné de tout un tas de pensées plus ou moins liées à mes réunions de l'après-midi. Depuis le temps, je ne suis plus dupe. Je sais bien que le travail n'est que la partie émergée du problème. Je tente donc de dompter mes idées. Vous ne voyez pas qu'on est dans une église ? On n'est pas là pour penser au boulot. Voilà que j'utilise le « on » pour parler de moi. Rien ne se passe. Pourquoi ma boule au ventre ne va-t-elle pas rebondir ailleurs ? Pourquoi mes nœuds au cerveau ne vont-ils pas s'emmêler dans celui de la mamie qui prie derrière moi ? Pourquoi est-ce que trois ans plus tard je ne suis toujours pas capable de contrôler mes larmes ?

Pas de sonnerie, mais la « récré » est finie. Je dois retourner travailler.

∞ ∞ ∞ ∞ ∞ ∞

Vingt-quatre ans et trente-sept jours plus tôt. Quelques kilomètres plus au sud.

Mes parents, eux non plus, ne sont pas particulièrement croyants. Ils sont pourtant en pleine effervescence.

Les baptêmes sont le prétexte parfait pour réunir la famille. Et puis, le lundi devant la machine à café, répondre « J'ai baptisé ma fille » à la question « Et toi, t'as fait quoi ce week-end ? », avouons-le, c'est chic. Alors, après mon frère et moi, c'est au tour de ma sœur de passer aujourd'hui par cette case bourgeoise. Plus tôt ce matin, les formalités religieuses se sont déroulées sans encombre. Il est temps maintenant de passer aux choses sérieuses. Il est temps de déboucher les bouteilles prévues pour marquer le coup. Celles de champagne patienteront jusqu'à la pièce montée. Pour l'heure, ce sont des bouteilles de vin blanc dont le bouchon fait « pop ». Elles sont accompagnées par de la crème de cassis. À son contact, elles se transforment en un kir appelé avec beaucoup d'originalité en Bourgogne le « blanc-cassis ». Tout le monde ici ou presque vient de Bourgogne et en Bourgogne, le « blanc-cass' », c'est sacré. Si je suis sage, même si ce n'est pas de mon âge, j'aurai peut-être le droit d'y tremper les lèvres. En attendant, je joue avec mes cousins et cousines.

Autour de la table, dans le modeste jardin familial, tout le monde semble aux anges. Dans les cheveux des filles, les serre-têtes sont de sortie. Sur les épaules des garçons, les pulls en coton leur donnent le change. Et sur la table, une nappe fleurie vient compléter ce tableau printanier. Du côté de ma mère, mes grands-parents sont fringants. Du côté de mon père, ma grand-mère l'est beaucoup moins. Elle refuse d'ailleurs quand mon père, son fils donc, lui propose un verre de blanc-cassis. Il faut dire qu'elle vient de vivre une terrible épreuve. Elle vient de perdre un autre de ses fils, l'aîné. Moi, ça ne m'a fait ni chaud ni froid. Je le connaissais à peine. Tout juste avons-nous partagé quelques autres mariages ou baptêmes. Mais pour elle, sa mère, c'est différent. Perdre un vieil oncle, ce n'est pas bien grave. Perdre un enfant, c'est ce qui peut arriver de pire. Ce n'est pas le sens de l'histoire – si tant est que cette joueuse sans cœur en ait un. Ma grand-mère ne s'en remettra jamais vraiment. Heureusement pour elle, un troisième de ses fils, Bernard, s'occupera d'elle jusqu'au bout. C'est d'ailleurs Bernard qui vient tout juste de l'aider à s'asseoir sur sa chaise.

Au moment où ma grand-mère s'asseyait, Palmira, ma nounou, s'en allait. Après la cérémonie, elle nous a suivis jusqu'à la maison. Mais quand ma mère lui a proposé de rester déjeuner, elle a décliné l'invitation. Elle passait juste dire « bonjour » et devait filer faire à manger pour ses enfants et son mari.

Haute comme trois pommes, ma sœur ne semble pas trop perturbée par ce départ précipité. Elle papote avec sa copine Marie. Sur sa tête, une casquette. Posée à l'envers, cette casquette contraste avec les sages motifs qui figurent sur sa robe. La dégaine rebelle de la princesse du jour est-elle un signe d'adhésion précoce aux messages subversifs que NTM commence à faire résonner au nord de la capitale ? L'histoire ne le dit pas. Cette dégaine préfigure en tout cas la formidable liberté de penser qui caractérisera ma sœur tout au long de son existence.

Derrière elle, Christine, sa marraine et la mère de Marie, veille sur le duo d'insoumises qui, hormis la casquette, semble tout droit sorti d'une publicité Jacadi. Le regard que Christine pose sur les deux enfants trahit une immense douceur. Ce regard bienveillant est immortalisé par l'objectif de mon oncle Bernard. Comme d'habitude, il est aux aguets. Pourtant aujourd'hui, il n'est pas uniquement le photographe attitré de la journée. Il vient aussi de devenir pour ma sœur un parrain d'exception. Je ne m'en rends pas encore compte – je suis trop occupé à faire des guilis à ma cousine pour cela –, mais que ce soit du côté du parrain ou de celui de la marraine, mes parents ont eu du flair : leur casting est de rêve. Ma sœur est née sous la bonne étoile comme diraient les cousins marseillais de Kool Shen et JoeyStarr. Avec deux êtres si extraordinaires qui veillent sur elle, elle peut dormir sur ses deux oreilles.

∞ ∞ ∞

Enfin. Enfin, l'heure du goûter.

Dans quelques secondes, je vais enfin pouvoir accéder à l'un des plaisirs les plus intenses de l'univers : introduire une tranche de pain dans mon gosier après l'avoir préalablement recouverte de pâte à tartiner et l'avoir trempée dans un bol de lait. Ce n'est pas trop tôt. J'ai cru que ce moment tant espéré n'arriverait jamais. La coupable derrière cette attente interminable ? Palmira, bien sûr. Pourtant, elle sait bien que je ne suis pas du genre à prendre la nourriture à la légère. Elle sait bien que pour « les petits Degouve », comme elle nous appelle, le goûter, c'est comme le blanc-cassis pour leurs parents : c'est sacré. Elle est d'ailleurs bien placée pour le savoir : ce rituel, c'est elle qui l'a institué. Alors comment a-t-on pu en arriver là ?

Bref retour sur des faits qui m'ont semblé durer une éternité. Une petite heure plus tôt, la sonnerie retentit dans la cour de Sainte-Marie. Depuis quelques minutes déjà, on peut sentir les élèves s'agiter dans les rangs de cette école privée. Lorsque le top départ est donné, les enfants, pourtant censés être « bien élevés », n'attendent pas une seconde. Aussitôt, ils se lèvent et s'empressent de sortir de leur classe pour rejoindre les mamans – on est à la fin des années quatre-vingt-dix, les papas sont encore plus rares que vingt ans plus tard – et les nounous qui les attendent derrière les grilles. Comme tous les jours de la semaine, c'est Palmira qui nous attend, mon frère, ma sœur et moi. Aujourd'hui, je suis le premier à sortir. Mon frère ne tarde pas à me rejoindre. Enfin, ma sœur pointe le bout de son nez par la sortie réservée aux maternelles. La fratrie est au complet, le périple peut commencer. C'est sans compter le ballet des salutations qu'adresse Palmira tout autour de nous. « Bonjour » par-ci. « Comment ça va ? » par-là. Y a-t-il dans la foule un visage qui lui est inconnu ? À en croire le rythme effréné des embrassades, il semblerait que non. Une dizaine de minutes et une bonne vingtaine de bises plus tard, nous pouvons enfin nous mettre en route.

Dans la rue principale d'Antony, ville lambda de banlieue parisienne, rebelote. La bonhomie de Palmira n'est pas qu'apparente. Les « bonjour » et les accolades s'enchaînent à nouveau.

« C'est qui celui-ci ? demande ma sœur, curieuse.

– Un gars de la paroisse.

– Et celle-là ?

– Une portugaise. Elle vient du même village que moi. »

Nous parvenons tant bien que mal à la boulangerie. Palmira demande des nouvelles de sa hanche à la gérante, son ancienne patronne. La hanche en question va mieux. Palmira s'en félicite. Plus que quelques centaines de mètres avant d'arriver chez nous. Nous pourrions y être en cinq minutes à peine. Pourtant, la voisine d'en face en a décidé autrement. Elle interpelle Palmira : elle a besoin que son mari lui donne un coup de main pour entretenir son jardin. Palmira la rappellera. Nous voilà enfin à la maison.

« Adrien, tu peux fermer la porte derrière toi, s'il te plaît ? »

Si les interactions à répétition m'agacent sous l'emprise de mon estomac vide, j'y verrai adulte l'incarnation d'un formidable rayonnement. C'est vrai ici, en France, son pays d'adoption. Ça l'est aussi au Portugal, son pays natal où elle retourne tous les étés. J'en aurai la preuve en lui rendant visite là-bas, chez elle : par le nombre de personnes que Palmira saluera, la corrida me rappellera les sorties d'école de mon enfance. Comment fait-elle pour retenir tous ces prénoms et toutes les histoires qu'il y a derrière ? Comment fait-elle pour interagir aussi naturellement avec autant de gens ? Ça m'échappe. Contrairement à moi, ma sœur héritera de ce don. En grandissant, elle deviendra le centre de gravité dans son groupe d'amis. Elle occupera un rôle central dans la famille aussi. Comme Palmira, elle prendra des nouvelles de tous, elle écoutera chacun, elle aura un avis sur tout.

Mais revenons à nos moutons, ou plutôt à notre goûter. Puisque ça a pris autant de temps d'y arriver, ce serait idiot de ne pas en profiter. Qu'il vente, qu'il pleuve ou qu'il neige, le « quatre heures » avec Palmira est une institution et la tradition sera perpétuée pendant de longues années. Encore en classe préparatoire, il m'arrivera régulièrement de partager quelques tartines de Nutella avec mon frère, ma sœur et Palmira. Avec le recul, je finirai par me dire qu'elle aurait sans doute préféré partager tous ces goûters avec ses enfants. Mais la vie fait qu'aujourd'hui, c'est avec nous qu'elle le partage. Et comme manger ensemble tisse entre les êtres des liens puissants, goûter après goûter, tartine après tartine, éclat de rire après éclat de rire, Palmira deviendra pour nous un peu comme une deuxième maman. La vie fait parfois bien les choses.

Pourtant, quand elles sont bonnes, ou délicieuses, comme notre goûter, toutes les choses ont une fin. Il est temps que je file faire mes devoirs avant que mon autre maman ne rentre.

∞ ∞ ∞

Ce soir, c'est le grand soir. Et qui dit « grand soir » dit « tenue de gala ».

Pour l'occasion, nous sommes remontés de la plage plus tôt que d'habitude. Il était à peine dix-huit heures quand nous avons grimpé une à une les cent marches de notre chère Plage Carrée. Mon frère, ma sœur et moi nous sommes amusés à le faire en courant, histoire de compenser le kouign-amann du déjeuner. Mon père aussi s'est essayé à l'exercice. Bernard et ma mère, eux, se sont contentés de marcher. Il faut dire que Bernard n'a pas de graisse à éliminer. Pour lui, l'activité physique, c'est toute l'année. Quand il n'est pas en Bretagne avec le reste de la tribu, il travaille dur dans une usine de la banlieue de Cannes. Depuis plus de trente ans de bons et de loyaux services, il y prépare des condensés de fruits et de café. Rien à voir avec son diplôme d'ingénieur agronome, mais tout est plus compliqué quand on est classé dans la case « handicapé ». Même s'il n'est pas à la hauteur de ses études, son travail lui permet d'être autonome financièrement. Ne rien devoir à personne. C'est, je crois, le plus important à ses yeux. Cela dit, ce labeur quelque peu monotone commence à le fatiguer. Heureusement, chaque été, la Bretagne lui apporte une bouffée d'oxygène.

Nous voilà de retour à la maison. À l'étage, je m'active. J'entends mon père qui, plus bas, m'appelle. Je suis le dernier à m'être douché et, pour changer, je suis en retard. Pourtant, l'heure, c'est l'heure. Bernard nous a donné rendez-vous à vingt heures pétantes. Il sera là quelques minutes plus tôt. J'enfile un jean. Je n'ai plus l'habitude. Mais ce soir, c'est le grand soir. Une jambe. Puis l'autre. Je jette un coup d'œil par le Velux.

Dans le champ en friche de mon autre oncle, Bernard sort de sa tente. La démarche est chaloupée, le dos courbé, mais qu'il est chic ! Pour cette soirée un peu particulière, il s'est rasé et s'est coiffé. Il s'est douché aussi. C'est assez exceptionnel pour être signalé. Ça lui arrive à quelques reprises seulement au cours du mois qu'il passe ici. La dernière fois, c'était pour la messe du quinze août. Mais ce soir, c'est le grand soir. Il y a une heure, il a toqué à la porte en s'excusant de déranger. Il a ensuite emprunté notre douche un instant. À peine avons-nous remarqué sa présence que, déjà, il était reparti. Si Bernard met un point d'honneur à ne pas déranger, c'est par politesse, bien sûr. Mais c'est aussi pour préserver sa liberté.

Derrière la vitre, Bernard marche maintenant d'un pas pressé en direction de notre maison. Il semble ravi que le jour J soit arrivé. Ce moment, il l'a attendu. Ce moment, c'est le dîner qu'il nous offre tous les ans à l'Hôtel de France de Camaret-sur-Mer. Ce moment, c'est un rituel. C'est comme le pain frais que Bernard nous dépose chaque matin devant la porte – équivalent estival du goûter avec Palmira le reste de l'année. Ou comme la carte cadeau Decathlon qu'il nous offre à mon frère, ma sœur et moi à chaque Noël. C'est important les rituels. Ça rassure. Déjà, le jour-même de son arrivée en

Bretagne, Bernard nous a demandé la date qui nous arrangeait. Depuis, il nous a redemandé à plusieurs reprises si c'était toujours bon pour nous. Alors forcément, aujourd'hui, il se réjouit.

Comment peut-on être aussi heureux à l'idée de faire chauffer sa carte bleue ? À l'instant où la question me traverse l'esprit, je m'en veux d'avoir pensé ça. Ce n'est évidemment pas pour Bernard une vulgaire affaire d'argent. Ce n'est pas pour rien que ma cousine Katia dit que « Nanard », comme elle le surnomme, est un saint. Saint Bernard. Ce n'est pas pour faire bien qu'il reverse une bonne partie de ses maigres revenus à des associations. C'est comme si la générosité lui collait à la peau. Comme si offrir lui procurait le plus grand des plaisirs.

« Toc, toc, toc ». La porte s'ouvre.

« C'est Bernard. Il y a quelqu'un qui veut venir dans ma voiture ? »

La proposition est alléchante. La voiture en question est de collection. À l'intérieur de ce bolide dans son jus, les empreintes des doigts de Bernard sont incrustées sur le volant. C'est pratique : seul lui peut conduire cette flamboyante 306 aussi cabossée que son propriétaire. Il y a inventé la reconnaissance digitale avant l'heure.

Mes baskets ne sont pas lacées. Je loupe le coche. Mon frère aussi. Ma sœur est la seule à monter dans le carrosse de son parrain.

∞ ∞ ∞

Je suis assis dans le fauteuil de Papi. Chaque soir, mon grand-père s'y installe confortablement pour regarder le journal télévisé. Chaque vingt-quatre décembre, un Père-Noël en forme de parents, d'oncle, de tante et de grands-parents dépose à ses pieds des cadeaux plus qu'il n'en faut. Ici, il ne peut rien m'arriver.

Quand viendra l'heure de la sieste, son propriétaire retrouvera cet étendard d'un bonheur familial inébranlable. Pour le moment, il s'affaire quelques mètres plus loin, en cuisine. La cuisine, chez Papi et Mamie, c'est comme le blanc-cassis pour les retrouvailles bourguignonnes ou le goûter avec Palmira – toujours eux – : c'est sacré. D'ailleurs, ma grand-mère souligne souvent que lorsqu'ils partiront, le souvenir de son riz au lait et des petits plats de mon grand-père resteront. On n'en est pas encore là, mais elle n'a pas tort. Le souvenir de ces délices concoctés avec amour est d'ailleurs gravé particulièrement profondément en ma sœur et en moi, les gourmands de la famille. Ce midi, c'est lapin à la moutarde. Il n'est même pas onze heures, mais j'en salive d'avance.

« Qu'est-ce qu'elles sont encore parties traficoter ? »

La question de mon grand-père m'extrait de ma torpeur culinaire. Il a délaissé les fourneaux pour venir prendre des nouvelles de son épouse et de sa petite-fille. Je lui réponds sans répondre :

« C'est une surprise. »

La curiosité de mon grand-père devra attendre encore quelques minutes avant d'être rassasiée. Il ne semble pas perturbé pour autant. Aussitôt, le fumet qui émane de la pièce adjacente le rappelle à son poste. Je relaie quant à moi son interrogation à haute voix :

« Vous êtes bientôt prêtes ? »

De l'étage supérieur, ma sœur m'indique qu'on y est presque :

« Deux minutes ! »

Je fournis un effort surhumain pour décoller les fesses du cuir et aller attendre la surprise dans le hall d'entrée.

La porte de la chambre s'ouvre. C'est ma sœur qui en sort la première. Son sourire rayonnant révèle une rangée de bagues métalliques – ce malaisant cadeau d'entrée au collège qu'elle a reçu il y a quelques mois. Sous ce sourire, elle est tout de blanc vêtue. Ce blanc n'est pas un blanc insignifiant. C'est le blanc que portait ma mère une vingtaine d'années plus tôt quand elle a dit « oui » à mon père. À peine ai-je le temps d'admirer ce spectacle étincelant que ma grand-mère apparaît à son tour. Elle aussi a revêtu un blanc immaculé. Mais elle ne l'a pas emprunté. Elle l'a juste enfilé pour voyager dans le temps et remonter cinquante et quelques années plus tôt, le jour de son mariage. Loin d'être ringarde, sa robe pourrait figurer dans un catalogue de l'année en cours. Il faut dire que ma grand-mère a toujours cultivé un goût prononcé pour la modernité. Avant de se marier, c'est sur un terrain de basketball encore largement réservé aux hommes qu'elle a rencontré mon grand-père. Par ses revendications d'équité entre filles et garçons, ma sœur ne fait peut-être finalement que marcher dans ses pas.

Ma sœur offre en tout cas à ma grand-mère une cure de jouvence. Grâce à la magie des robes de mariée, la différence d'âge s'est soudain estompée. En la matière, ma sœur n'en est pas à son premier fait d'armes. Petite déjà, elle avait fait le coup à Bernard et à mon grand-père, tous deux gagas d'elle. Elle les avait fait courir, sauter, danser. Si elle a le don de faire rajeunir celles et ceux qui croisent son chemin, c'est qu'elle voit des camarades de jeu là où le reste du monde voit des visages ridés. Si elle viendra régulièrement réviser avec des amis ici, chez nos grands-parents, c'est qu'elle n'attendra pas la trentaine pour comprendre que tous autant que l'on est, on s'inscrit dans une lignée.

La voix de mon grand-père résonne depuis la cuisine. Il a besoin d'aide pour couper les patates.

∞ ∞ ∞

Nous sommes dans un aéroport. Nous revenons de Cuba peut-être. Ou alors du Panama. À moins que ce soit du Brésil dont nous repartons. Quel enfer d'avoir une mère qui travaille chez Air France !

Ce qui est sûr, c'est que nous revenons d'un pays ensoleillé. Autrement, le visage de ma sœur ne serait pas aussi bronzé. Autrement, elle n'aurait pas enfilé son costume de « petite biscotte dorée » comme aime l'appeler mon père en écho à l'époque où il travaillait dans l'univers féerique du pain grillé. Autrement, elle n'arborerait pas non plus une casquette bleue floquée d'un B rouge.

Nous sommes dans un aéroport et nous attendons. Pour tuer le temps, je sors l'appareil photo que j'ai eu à Noël. Je suis bien décidé à voler leur anonymat aux personnes pressées qui tout autour de nous s'affairent. Qu'elles le veuillent ou non, leur présence sera bientôt immortalisée sur l'un de mes disques durs. Si j'ai toujours été fasciné par cette figure du passager prêt à embarquer, c'est parce que voir tous ces gens courir de hall en hall me donne très envie de connaître leur histoire. Pourquoi cette dame au chapeau a-t-elle autant de valises ? Vient-elle de quitter enfin un mari qui ne prenait pas soin d'elle ? Félicitations Madame, c'est très courageux ce que vous venez de faire. Pourquoi ce monsieur a-t-il les larmes aux yeux ? Vient-il de croiser un inconnu qui ressemble trait pour trait à son fils perdu ? Pleure, mon ami, ne te retiens pas. Tu verras, ça fait un bien fou. Je m'apprête à faire un instantané de ces trajectoires variées qui se recoupent ici pour le meilleur et pour le pire quand une phrase prononcée par mon père retient mon attention.

« Noël, c'est déjà dans deux mois. »

Je ne peux pas le laisser dire ça impunément. Je rétorque, sans trop savoir pourquoi :

« Deux mois, c'est long. Et puis, on ne sait pas. Si ça se trouve, on sera morts d'ici là. »

Pourquoi ai-je ressenti le besoin de casser l'ambiance ? Peut-être est-ce la nostalgie de la fin des vacances qui vient de parler à ma place. Peut-être est-ce la tristesse de notre voisin sanglotant qui a dégouliné en moi. En tout cas, mon pessimisme n'est pas du goût de ma sœur :

« Tu dis pas ça ! »

Que cette porte-parole de la vie est belle quand elle s'énerve ! J'oriente vers elle mon objectif et capture sa résistance à mon angoisse existentielle. Tant pis pour les voyageurs sans nom.

La voilà maintenant sur mon écran, le doigt levé et les sourcils froncés. Son regard noir, ferme mais bienveillant, semble dire « Attention gros Didou, ne dis pas n'importe quoi. Ta Minounette n'aime pas trop ça. » « Didou », c'est le surnom qu'elle me donne. « Doudi » en verlan. « Minounette », c'est son surnom à elle, auquel il m'arrive d'accoler d'autres termes. « Petite Minounette de douceur » par exemple. Si elle est infiniment douce, ma sœur a aussi un caractère bien trempé. Contrairement à moi qui subis parfois la vie, elle ne se laisse pas marcher sur les pieds. Elle sait ce qu'elle veut et elle le fait savoir. C'est la petite dernière et moi l'aîné. Entre nous deux, mon frère. Sans doute le fait de grandir avec deux grands frères n'est-il pas étranger à sa formidable volonté. Hors de question pour elle de ne pas grimper sur les rochers si mon frère et moi avons le droit. Hors de question de ne pas participer si nous faisons la course. Si ses frères le font, alors elle aussi peut y arriver. En cela, comme ma grand-mère avant elle et sans jamais le revendiquer, ma sœur est, je crois, profondément féministe.

Sur le papier, c'est la petite sœur, je suis le grand frère. Mais le papier ne colle pas à la réalité des faits. Nos tempéraments ont fait voler en éclat le schéma familial caricatural. Évidemment, ça peut aller dans les deux sens, mais bien souvent, c'est moi qui me tourne vers elle pour trouver réconfort et conseils. Bien souvent, elle secoue son Didou quand il est un peu mou. Bien souvent, elle remonte le moral de son grand frère quand il est « froucousse soucousse » – expression dérivée de « fruits secs » employée dans notre famille pour décrire un état de vide existentiel teinté de tristesse.

C'est précisément ce qu'elle vient de faire. Merci, Minounette, de ne pas me laisser dire des bêtises. Merci de lever le doigt pour m'avertir. Tu ne le sais pas, mais ta mise en garde me sauvera.

∞ ∞ ∞

Vingt-et-une heures trente. L'heure-bascule.

Que faire ? Rentrer sagement à l'hôtel et regarder la télévision en italien ? Ou bien trouver un bar et découvrir ce que la nuit peut nous offrir ? La question nous taraude depuis que nous avons demandé l'addition. D'ordinaire, elle ne se serait pas posée. D'ordinaire, ce sont nos parents qui auraient décidé pour nous. Enfin, nos parents, pas vraiment. Disons plutôt, notre mère. D'ordinaire, ce guide de choix nous concocte un programme aux petits oignons. Nous n'avons qu'à nous laisser porter. Encore et encore, car il faut bien l'avouer, en matière de voyages en famille, nous avons été gâtés – pourris peut-être même. Mais cette fois-ci, nous ne sommes que tous les trois. Mon frère, ma sœur et moi. Les « 3A ». Réunis à l'étranger sans leurs géniteurs pour la première fois. Ma sœur a tout juste dix-huit ans. Elle vient de passer son bac. J'en ai six de plus. Je viens de finir mes études. Mon frère se situe quelque part entre les deux, empêtré dans son parcours universitaire.

Face au ciel flamboyant et aux reflets sur les « navigli » milanais, il est temps de choisir. Ce n'est pas aisé. D'un côté, nous ne passons que deux minuscules nuits ici. C'est maintenant ou jamais. De l'autre, nous avons un peu trop profité de la première nuit. Et puis, l'« aperitivo » n'a pas eu l'effet escompté. Les verres de Spritz n'ont pas détruit les vestiges en forme de barbouille hérités de nos excès de la veille. Je me dis qu'il serait plus raisonnable de rentrer, et, en même temps, la voix de mon alcoolisme pseudo-mondain résonne en moi. Je l'ai laissée s'exprimer à tue-tête pendant quatre années d'école de commerce, alors elle résonne fort. Heureusement, ma sœur, elle, porte la voix de la sagesse :

« Vas-y, on rentre à l'hôtel. La flemme. »

Nous ne sommes pas à côté, mais nous rentrons à pied. Ma sœur est à la traîne. Les yeux rivés sur l'écran de son téléphone. Ah, les nouvelles générations. Toujours sur leur portable. J'ai cru comprendre qu'il y avait urgence : l'une de ses amies vient de se faire larguer et a besoin de son soutien. Ma sœur semble prendre le problème très au sérieux. Elle satisfait ainsi son goût naturel pour les potins – *Gossip Girl* est à ce titre l'un de ses sujets de conversation préférés du moment. Mais au-delà d'assouvir ce penchant largement partagé, elle met aussi à profit une véritable expertise en la matière – les années qu'elle a passées à regarder *Plus belle la vie,* sa série préférée, n'y sont sûrement pas étrangères. J'ai moi-même bénéficié de cette sagesse feuilletonesque quand mon couple s'effritait.

À côté de moi, mon frère, lui aussi, est sur son téléphone. Je crois qu'il se prend le chou avec sa copine. Mon frère et ma sœur pourraient attendre d'être rentrés à la chambre pour tapoter frénétiquement. En temps normal, je leur ferais remarquer et ils m'enverraient balader. Ou alors je sortirais, moi aussi, mon téléphone pour me donner une contenance. Mais pas aujourd'hui. Aujourd'hui, je me dis que j'ai beaucoup de chance de les avoir. Je me dis même que je n'ai besoin de personne d'autre. Si ma copine me quitte – comme elle le fera dans quelques mois – et si mes amis m'abandonnent – comme ils le feront sûrement un jour –, il me restera mon frère et ma sœur. Mes deux meilleurs potes.

À défaut d'avoir notre mère sous la main, nous nous reposons sur Google Maps. Selon lui, nous devrions arriver à l'hôtel dans sept minutes. Devant nous, une grande place entourée de bâtiments magnifiques. Jusqu'ici, rien d'étonnant pour Milan. Ce qui est plus surprenant, ce sont les silhouettes qui y gesticulent en silence. Comme si elles faisaient la fête, sans les basses qui vont avec. Nous approchons. Ce n'était pas une illusion. C'est bien une soirée sans musique qui bat son plein. Les silhouettes sont ponctuées par des casques audio qui leur confèrent un air rigolo. Privés de leur prétexte sonore, les déhanchés sont ridicules. Cela dit, nous ne tergiversons pas des heures ce coup-ci. Puisque la fête nous tend la main, ce serait pêcher de refuser son invitation. Et puis, ça nous fera une histoire marrante à raconter. Nous ne perdons pas pour autant le sens des priorités. Face au rayon « délices liquides » de la supérette, je suggère d'opter pour une bouteille de vodka en souvenir de l'année que je viens de passer à Saint-Pétersbourg. Tiédasse, elle agrémentera à merveille la suite de nos aventures.

Quelques gorgées englouties sans y penser plus tard, nous voici sur la piste pavée. Techno à fond les ballons dans les oreilles, je me sens dans ma bulle, comme Diam's dans son quartier. Cette bulle commence à s'élever dans les airs. Pour qu'elle ne s'envole pas trop vite, je retire mon casque un instant. Je contemple, amusé, les ondulations de la foule muette. Soudain, la voix de ma sœur retentit derrière moi :

« L'enculé ! »

L'injure résonne jusqu'aux tréfonds des coulisses de la Scala voisine. Quelqu'un vient de lui marcher sur les pieds.

∞ ∞ ∞

Les autres sont sortis de l'eau. Nous sommes restés.

À ma droite, Bernard a froid, ça se voit. S'il brave encore ce froid qui a envahi son corps, c'est pour faire plaisir à ma sœur. Autrement, il aurait regagné le rivage comme le reste de la tribu. Ça fait bientôt quarante-cinq minutes que nous avons glissé un premier orteil timide dans le liquide frisquet qui tapisse la plage. Quarante-cinq minutes sans combinaison dans une eau à seize ou dix-sept degrés, c'est long. Mais à peine y avons-nous mis les pieds que déjà une vague un peu plus audacieuse que les autres nous a brusqués. Brusqués, non. En fait, elle nous a simplement invités à sa manière à entrer dans la danse. Depuis, ses amies ont pris le relai et réchauffé nos corps dans une étreinte généreuse. Nous sommes chanceux. Aujourd'hui, ces grandes dames aquatiques nous régalent d'une chorégraphie particulièrement réussie.

Les autres ont maintenant regagné leur serviette. Et moi, face à l'immensité de l'océan, entre mon oncle et ma sœur, je me sens bien. Simplement bien. Quand je n'étais encore qu'un adolescent intello, complexé et discret, je me sentais déjà bien parmi les vagues. Quand parfois j'avais des idées noires – est-ce notre lot à tous à cet âge ? Je ne sais pas, j'aimerais beaucoup y être mais je ne suis pas dans la tête des autres –, je les chassais en repensant à ces moments. Je m'étais promis de ne pas faire de « bêtise » après m'être rendu compte qu'une demi-seconde parmi les vagues de l'océan compensait des jours entiers, des semaines même, de vague à l'âme. L'équation était supportable.

Pour l'heure, je suis très loin de toutes ces considérations pseudo-métaphysiques. Je ne suis plus adolescent depuis longtemps et je n'éprouve plus le besoin systématique de toujours tout intellectualiser. Ma sœur, elle, sort à peine de cette période que les parents du monde entier, dans leur ignorance résignée, qualifient d'« ingrate ». Mais les nœuds au cerveau n'ont jamais été sa spécialité. Elle a connu et connaîtra la tristesse, bien sûr, mais son dada, c'est la joie. Une joie courageuse, souvent partagée. Alors aujourd'hui, sous ce beau ciel gris, elle rayonne.

Soudain, Bernard s'exclame :

« Oh là là ! Derrière. Une énorme ! »

Je me mets sur la pointe des pieds pour entrevoir le monstre en question. C'est vrai qu'il est gros. Ça fait quelques minutes déjà qu'il n'y a pas eu de « série » – ces deux, trois, quatre parfois, vagues consécutives un peu plus dodues que les autres. Cette série-là, il ne va pas falloir la louper. Le grand jeu dans la famille est de se faire porter par les vagues. Sans planche. Sans rien. Juste elles et nous. À ce jeu délicieux, nous ne sommes pas tous aussi doués. Mon frère est un génie, je me débrouille plutôt bien, ma sœur aussi, Bernard un peu moins. Mais peu importe : ici pas de gagnants ni de perdants, juste beaucoup de plaisir, et parfois quelques frayeurs.

Devant nous, le monstre se rapproche et prend forme. Après les surfer sans surf, observer les vagues s'élever et se dessiner comme par magie est ma deuxième plus grande passion. Quand j'étais l'adolescent silencieux que j'évoquais plus haut, j'ai même envisagé d'en faire mon métier. « Concepteur de vagues artificielles ». Pas mal, non ? Pas mal, mais j'ai rapidement changé de projet en me disant que « Mère Nature », comme disent les hippies énervants, ferait toujours cela mieux que moi. La sculpture éphémère qu'elle vient de créer devant nos yeux en est la preuve sans équivoque. Le mur d'eau dont la verticalité laisse présager d'une incroyable puissance n'est plus qu'à quelques mètres. Je suis pile poil au bon endroit. Le mur devrait s'effondrer sur moi. Je me mets instinctivement en position pour accompagner cet imposant convoi jusqu'à la plage. À ma gauche, ma sœur fait de même. À ma droite, Bernard également.

Mais la nature est une mère capricieuse. Elle ordonne à son enfant de se briser avant de parvenir à notre hauteur. Le plaisir promis nous est ôté. Le fracas est immense. Je n'ai pas le temps de plonger pour lui échapper. Me voilà secoué comme je l'ai rarement été. Chaque tendon de mon corps est sollicité sans y être préparé. Ma colonne vertébrale, elle aussi, est mise à rude épreuve. Comme le roseau face aux vents, elle plie mais ne rompt pas. Je subis mais je survis. Où est le haut ? Où est le bas ? Je ne sais pas. Je ne sais plus. Si, c'est bien la surface que je devine. Mes bras se mettent en mouvement pour la rejoindre sans que mon cerveau n'ait son mot à dire. Je les remercie, je suis sauvé. Enfin la première bouffée d'air. Elle est fraîche mais qu'elle est douce !

Solide comme un roc, Bernard semble avoir été épargné par l'ouragan marin qui vient de nous tomber dessus. Seule sa grisonnante chevelure ébouriffée témoigne de ce qui vient de se passer. Il sourit. Il rit même. Quant à moi, je reprends tant bien que mal mes esprits. Je respire, c'est l'essentiel. Plus que quelques secondes avant que la jumelle de ma tortionnaire ne vienne parachever l'œuvre de son aînée. Dans un éclair de lucidité, je jette un coup d'œil sur ma gauche. Rien. Ma sœur. Où est ma sœur ? Minounette ?

Ah, la voici. La surface blanchie par l'écume s'agite. Le visage de ma sœur surgit. La joie revient. Comme à chaque fois. Rien ne pourra jamais nous arriver.

∞ ∞ ∞

Quand Palmira m'a donné rendez-vous au McDo d'Antony, ça m'a d'abord étonné. Pourquoi ne m'a-t-elle pas proposé de déjeuner chez elle ? Bizarre, bizarre.

Rapidement, la gourmandise a chassé les interrogations. Je me suis entendu prononcer dans ma tête la magique formule « Big Mac, frites, Coca » – Zero, comme à la boulangerie, parce que bon, quand même... – et j'ai esquissé un sourire à l'autre bout du fil.

C'est donc alléché par l'idée du gras que j'appuie sur le bouton pour ouvrir la porte du RER. C'est ensuite d'un pas pressé que je franchis une à une les marches qui séparent le quai de la sortie de la gare. Mes compagnons de voyage attendent sagement que l'escalator grimpe à son rythme. Moi, non. Eux n'ont pas un Big Mac qui se languit en leur absence. Moi, oui. J'introduis mon ticket dans le portillon censé être réservé aux personnes handicapées ou munies de bagages. Grand seigneur, j'espère en faire profiter quelques fraudeurs en souvenir de l'époque où je l'ai été – plus par posture que parce que ça coinçait au niveau du porte-monnaie. Le portillon tarde à s'ouvrir. Je fulmine. Enfin, il me laisse passer.

Toujours d'un pas pressé, je traverse le parvis. Par réflexe, je jette malgré tout un coup d'œil sur la gauche en direction du Café de la Gare. Ma sœur et ses amis y avaient établi leur quartier général au lycée. Ils y passaient des après-midi entières à gratter des jeux, fumer des clopes et refaire le monde. Aujourd'hui, elle n'est pas assise en terrasse. Ou peut-être que si. Mais de l'autre côté de l'Atlantique. Elle est en stage à New York depuis bientôt trois mois. Il faudra que je l'appelle cet aprèm.

Je touche au but tant escompté. Le M jaune du McDo, cousin sexy de celui du Métro, ne laisse place à aucun doute. Face à moi, le trottoir dont les livreurs Deliveroo et compagnie feront bientôt leur fief. Pour l'heure, aucun signe n'indique la venue prochaine de ces esclaves 2.0 payés une misère pour optimiser l'espace-temps de gens mieux lotis qu'eux par la vie. Enfin, je pousse les portes du temple universel du délice éphémère. Pas de petite dame rondouillette et souriante en vue. Palmira n'est pas là. Pour une fois, il n'y pas que moi qui suis en retard. Comme à chaque fois que je suis ici, je pense à l'un de mes amis qui a repris pied en y travaillant un mois après avoir passé un an à fumer des pétards dans un appartement financé par ses parents. Peut-être que moi aussi ça m'aurait fait du bien de préparer des burgers à la chaîne ? Peut-être que ça m'aurait évité de chercher dans mon activité professionnelle un illusoire épanouissement personnel ?

Palmira, qui, pour le coup, n'a pas eu à se poser la question, finit par me rejoindre. Aussitôt arrivée, elle s'excuse. Ce n'est pas la grande forme en ce moment. Son bras droit lui fait mal. Son dos aussi. Sinon, elle m'aurait préparé un petit truc.

« Ça te va McDo quand même ? »

Ça me va à merveille. Mais je suis un peu inquiet pour elle. Ce n'est pas la première fois qu'elle se plaint de douleurs à cet endroit. Pourtant, d'ordinaire, ça ne l'empêche pas de cuisiner. Pas de travailler non plus. Là, elle est arrêtée depuis deux mois, me dit-elle.

« Vivement la retraite ! »

C'est pour bientôt et ce sera bien mérité. Pour s'extraire d'un destin en forme de murs en tôle, elle a commencé les ménages et les gardes d'enfant à quinze ans. C'était il y a presque cinquante ans. Cinquante années passées à frotter, à récurer, à balayer. Forcément, ça laisse des séquelles. Elle racontera d'ailleurs un jour que sa plus grande fierté est que ses enfants n'aient pas à faire un métier aussi dur que le sien – tout du moins physiquement. Pour l'heure, je me sens ridiculement privilégié avec le mien de métier qui consistera la semaine prochaine à prendre l'avion en direction de Bucarest pour y rencontrer des réalisateurs.

Nous voilà maintenant au comptoir – les bornes automatiques arriveront dans quelques mois, en compagnie des livreurs. De mon côté, le choix est vite fait :

« Big Mac, frites, Coca Zero. S'il vous plaît. »

« Et une boîte de nuggets aussi. »

Quatre pour compléter ce menu d'or, comme le nombre. Du côté de Palmira, le choix est plus surprenant pour une mamie de son âge : un « menu enfants ». Je me demande si le Happy Meal rendait déjà les marmots heureux quand elle a débarqué du Portugal. Sûrement pas. En tout cas, tout bien réfléchi, son choix n'est pas si surprenant. Il est même très « Palmira ». C'est bien l'enfant en elle – lui qui a survécu à un demi-siècle de ménage – qui ouvrira la boîte pour découvrir avec émerveillement quel jouet s'y cache.

Sur le chemin qui mène à l'étage, elle m'explique qu'elle vient de temps en temps avec ses petits-enfants. Elle s'arrête un instant pour saluer un inconnu puis reprend :

« Et toi, Didou, c'est pour quand les enfants ?

– Pas pour tout de suite, pas pour tout de suite. »

Je lui confie que je viens de me séparer de ma copine, sans entrer dans les détails. Elle n'a pas besoin de savoir que j'ai depuis installé des applications qui ont remplacé le bal du bidonville de sa jeunesse. En haut, la première salle est pleine. Nous prenons place dans la deuxième. Celle avec les jeux. Celle où mes amis et moi fêtions nos anniversaire quand nous étions gamins. Celle où nous roulions des joints quelques poils au menton plus tard.

Palmira me demande des nouvelles de ma sœur. Elle ignore que dans cinq jours, tout aura basculé. Dans cinq jours, ma sœur sera rentrée de New York pour effectuer un examen de contrôle sur les conseils d'une amie dont le père est médecin. Dans cinq jours, les symptômes anodins – prise de poids légère, mal de crâne épisodique, fourmillements dans les mains occasionnels – seront remplacés par un affolant bilan sanguin. Dans dix jours, sur une aire d'autoroute, j'entendrai pour la première fois le mot « tumeur ». Mais pour l'instant, comme Palmira, je l'ignore.

Alors je réponds simplement :
« Je crois qu'elle kiffe. »
Puis j'engloutis la première bouchée de mon burger. La meilleure.

∞ ∞ ∞

C'est fou ce que les architectes manquent d'imagination. La maison de mes parents, que j'ai sous les yeux, ressemble terriblement à celle des voisins deux maisons plus loin. J'ai beau y avoir vécu des années, j'ai failli me tromper. Pourtant, ce pavillon d'une banalité sans nom, que je dédaignais à l'époque, est devenu aujourd'hui un formidable symbole de liberté.

Si ce pavillon de banlieue a changé de statut à mes yeux, ce n'est pas que mes goûts esthétiques ont évolué. Je le trouve toujours moche. C'est juste que quelques heures avant moi, ma petite-sœur en a poussé le portillon. Ce geste en apparence anodin était pour elle une consécration. Il y a quelques jours, elle était encore sous morphine au milieu des « bip » de l'Hôpital Cochin.

La réanimation, c'est génial. On n'en sort jamais indemne, mais comme il n'est pas écrit qu'on en sorte tout court, on est immensément soulagé quand le destin choisit pour ce chapitre une fin heureuse. Enfin, je dis ça, je n'en sais rien. Je ne veux pas parler à sa place. Pourtant, j'imagine que pousser le portillon de mes parents a été pour ma sœur une sorte de « ouf » géant. En tout cas, très égoïstement, c'est pour moi un profond soulagement. Ce n'est pas de tout repos d'avoir sa petite sœur en « réa' ». Ça devient même vite fatigant de devoir être là pour elle jour et nuit.

Bref, assez parlé de ma petite personne, ce n'est pas le sujet. L'important se passe de l'autre côté de la maison, dans le jardin. Ma sœur m'y attend en maillot de bain, pistolet à eau à la main. À peine ai-je franchi le seuil de la cuisine que déjà elle me tire dessus en rigolant. Ça ne se fait pas de tirer sur une personne désarmée. À sa décharge, je suis la victime la plus consentante de l'univers. Quel plaisir de la voir debout ! Quel bonheur de la voir sourire ! À côté d'elle, mon frère lui aussi est armé. Tous deux semblent avoir subitement perdu quinze ans. Ils ont entamé cette guerre rigolote bien avant mon arrivée. Je vais bientôt devoir choisir mon camp. Mais avant de répondre aux assauts à répétition, je fais durer cet instant. Qu'ils sont loin les « bip » ! Enfin. Enfin, notre petite famille parfaite est de retour.

Comme dans toutes les petites familles parfaites, mon père est chargé de s'occuper du barbecue. Il n'est pas encore chaud. Nous avons le temps. Ma mère, elle, filme la scène. Ça pourrait être aussi insignifiant qu'un portillon qui grince. Pourtant, ça traduit, je crois, une forme d'urgence. Comme si ma mère se dépêchait d'immortaliser ce moment avant qu'il ne soit terminé. Elle a raison. On ne sait jamais. Puisque le sort a basculé si précipitamment le mois dernier, il se pourrait bien qu'il nous refasse le coup. Il nous le refera d'ailleurs. Comme chaque bonne nouvelle pendant la maladie, celle que nous avons reçue avant-hier sera suivie d'une terrible annonce. Comme chaque moment de répit, celui-ci sera éphémère. Mais peu importe. Ce qui est pris est pris. Ma mère l'a compris. Elle capture ce moment de joie pour que personne ne puisse jamais nous l'enlever.

Afin de célébrer le retour au nid de leur fille adorée, mes parents n'ont pas fait les choses à moitié. En plus des pistolets à eau, ils ont investi dans une piscine gonflable. C'est sûrement une idée de ma sœur. Une idée aussi lumineuse qu'elle à cet instant les pieds dans l'eau. Aujourd'hui, pas besoin d'océan. Pas même besoin de piscine à débordement. Aujourd'hui, un modeste bassin en plastique de deux mètres par deux mètres nous suffit amplement. Me voilà, moi aussi, les pieds dans l'eau. Je ne peux détacher le regard de ma sœur. Elle est là. Elle est libre. Nous sommes là. Non, en fait, nous ne sommes pas là. Nous sommes loin. Nous sommes de retour en Bretagne. Dans les vagues. Youhou ! Youhouhou !

Soudain, ma sœur pousse un cri. Qu'est-ce qui se passe ? Où a-t-elle mal ? Fausse alerte. C'était juste pour signaler que la piscine est trouée et qu'elle est en train de se dégonfler.

∞ ∞ ∞

« T'as une banane dans l'oreille !
– Quoi ?
– T'as une banane dans l'oreille !
– Quoi ?
– T'as une banane dans l'oreille !
– Parle plus fort, j'ai une banane dans l'oreille. »

Ma sœur et moi rejouons, pour la vingtième fois peut-être, ce dialogue de sourd absurde. Allez savoir pourquoi, prétendre qu'une banane imaginaire nous titille le tympan nous fait toujours autant rire. Mais ce soir-là, les rires de ma sœur dans sa colocation de l'ouest parisien ont un écho particulier. Ces rires résonnent en moi un peu plus fort que d'habitude. En surface, je ris innocemment avec elle. Au fond de moi, je l'admire immensément. Comment fait-elle pour afficher ce sourire qui lui va si bien ? Elle revient de si loin.

Quelques jours après avoir barboté dans le jardin de nos parents, ma sœur est retournée à la case départ : un lit du service réanimation de l'Hôpital Cochin. Et le lendemain, le jour de ses vingt-et-un ans, ses poumons se sont soudainement infectés. Pas super comme cadeau d'anniversaire. Elle s'est retrouvée entre la vie et la mort. Mes parents, mon frère et moi nous sommes alors réfugiés au Jardin du Luxembourg. Nous nous sommes assis sur un banc. Impuissants. À quelques centaines de mètres de nous, elle souffrait terriblement. Autour de nous, les oiseaux chantaient. Et nous, nous étions là. Impuissants. Entre nous, quelques mots échangés de temps à autre comblaient tant bien que mal le vide le plus terrifiant qu'il ne m'ait jamais été donné de traverser. Quelques interminables heures plus tard, le médecin nous a rassuré : il s'en était fallu de peu, mais cette fois-ci n'était pas « la bonne ».

Dans sa modeste cuisine, en attendant que l'eau des pâtes daigne bouillir, ma sœur affiche à présent un visage radieux. Ses cheveux ne sont pas encore clairsemés par les séances de chimiothérapie. À peine de légères cernes traduisent-elles la terrible épreuve qu'elle vient de surmonter. Plus encore qu'avant la maladie, elle met un point d'honneur à se faire belle. Désormais, sa beauté est un combat. Son rouge à lèvres est un pied de nez adressé au cancer. Son mascara est un doigt d'honneur tourné vers les cathéters. Son humour non plus n'a rien de gratuit. Un médecin – le même peut-être qui nous a rassuré sur notre banc – lui a annoncé un « beau » jour d'avril que son taux de potassium était si bas qu'elle pouvait se considérer comme rescapée. Qu'à cela ne tienne, elle contre-attaque à grands coups de maquillage et de bananes dans l'orifice auriculaire.

Le goût pour l'absurde, ma sœur et moi le partagions bien avant la découverte des 1,7 millimole de potassium par litre dans son sang. Si notre père s'est spécialisé dans les jeux de mots, nous leur préférons les dialogues et les situations où le sens s'effrite. Pour être bien certain de dire n'importe quoi, il nous arrive régulièrement de basculer vers la langue de Shakespeare – celle abandonnée par Beckett. En quittant le rivage de notre langue maternelle, nous nous mettons à l'abri de retomber au détour de nos dires sur la logique que nous fuyons. Dans quelques minutes, quand je lui demanderai où est le sel, ma sœur répondra par exemple sans sourciller :

« You should check in your pocket, next to your wave. »

Très bien. Je vais chercher dans ma poche, à côté de ma vague.

On ne rigole pas avec l'humour. Ma sœur et moi n'avons pas attendu la maladie pour apprécier les blagues absurdes presque autant que les pâtes à la carbonara. Pourtant, j'ai le sentiment que cette inflexion naturelle s'est encore amplifiée chez elle. Puisque la vie s'est amusée à glisser sans crier gare des métastases et une infection des poumons dans son corps, ma sœur s'amuse à son tour à glisser dans ses phrases des mots incongrus. Puisque rien n'a de sens, autant en rire. Puisque tout peut basculer à chaque instant, autant condenser dans le discours l'inattendu qui façonne l'existence. Il me semble que Palmira a, elle aussi, choisi cette voie. Puisqu'elle a perdu la moitié de ses frères et sœurs dans les premières années de leur vie, puisqu'elle a été contrainte de quitter son pays, puisqu'elle a dû commencer à travailler à quinze ans, elle a décidé de passer sa vie à rire. Puisqu'on lui a volé sa jeunesse, elle a choisi de garder éternellement son âme d'enfant – devant un Happy Meal mais pas seulement. À la tristesse et la résignation, elle a préféré les rires partagés.

Nos pâtes sont prêtes. Ma sœur et moi prenons place sur le canapé. Au programme, ce soir : « La Tour Montparnasse infernale », notre film préféré, le plus grand chef-d'œuvre de l'histoire de l'humanité.

∞ ∞ ∞

Ah, cette odeur ! Cette odeur, mesdames et messieurs !

Comme chaque année début septembre, la place de l'église Saint-Saturnin, d'ordinaire si paisible, accueille la Foire aux Fromages et aux Vins. Comme les fois précédentes, ce qui se fait de mieux en matière de vinasse, frometon, cochonaille et autres victuailles s'y est donné rendez-vous. C'est la vingt-neuvième édition de la « FFV » comme la surnomment ses adeptes. À un an et un mois près, elle et moi aurions pu naître le même jour. Je ne sais pas si j'aurais été la hauteur d'une jumelle aussi prestigieuse. La FFV, ce n'est pas rien. Pour quiconque habite ou a habité à Antony, c'est un passage obligé. On y croise des gens dont on aurait oublié l'existence depuis belle lurette sans cet incontournable rendez-vous.

Pour mes amis et moi, la célébration est ponctuée par des rituels immuables. Il s'agit d'abord de trouver quelque chose à manger. En général, un sandwich à l'andouillette du stand en bas de la rue Persil. Ensuite, il s'agit de compléter avec quelque chose à boire. En général, quelques bouteilles achetées aux rares exposants qui acceptent de faire goûter leur vin à des jeunes plus si jeunes visiblement assoiffés. Enfin, il s'agit de dégoter un tire-bouchon. Avec l'expérience, nous pourrions penser à en ramener un. Mais il faudrait alors trouver une autre excuse pour papoter avec les gens amassés, comme nous, sur les pelouses riquiqui devant la mairie. En général, les bouteilles se vident rapidement et, par crainte de manquer, nous retournons en acheter quelques autres avant que les viticulteurs ne remballent leurs trésors. C'est en tout cas ce que nous faisons cette fois-ci. Et c'est l'un de mes amis et moi qui nous nous y collons.

À peine avons-nous descendu les quelques marches entre l'esplanade de la mairie et la place de l'église que nous tombons nez-à-nez avec l'une des égéries de la FFV, Palmira. Sans doute un peu ivre déjà, mon ami s'exclame avec enthousiasme :

« Tototo ! »

« Tototo », c'est le surnom que je donne à Palmira. Celle-ci se tourne vers moi :

« C'est qui celui-là ? »

C'est le problème quand on est une star : on ne peut pas se souvenir de tous ses fans. Légèrement vexé mais pas rancunier pour autant, mon ami se présente plus calmement qu'il n'a fait son entrée. Palmira feint de se souvenir de lui – elle me redemandera la prochaine fois que je passerai la voir si elle le connaissait. Je salue ses petites-filles qui l'accompagnent, puis mon ami et moi nous remettons en route. L'heure tourne et nous avons une mission.

Mission accomplie. Nous rejoignons les autres sous les acclamations. D'habitude, mon frère, ma sœur et moi sommes chacun dans notre coin. Mon frère avec ses potes, ma sœur avec les siens et moi avec les miens. Cette année, nous sommes tous les trois assis à côté. Autour de ce noyau familial, quelques-uns des membres de nos trois groupes de potes forment une garde rapprochée. À ma droite, mon frère évoque sa flemme monumentale de retourner bosser. Il va pourtant bien falloir. La FFV, c'est aussi le coup d'envoi de l'année scolaire. Pour ma sœur, cette année s'annonce particulière. Elle a négocié avec sa fac un programme aménagé. Elle devrait pouvoir étudier en pointillé si son état de santé le permet. Mais au-delà des bancs d'Assas, elle a un autre projet. Comme elle est en train de l'expliquer à l'un de mes amis de maternelle, elle prévoit de retourner à New York en janvier. L'écoutant d'une oreille, je ressens un léger doute teinté d'angoisse, que je repousse aussitôt. Si ma sœur y croit, j'y crois aussi. Elle veut aller voir ses « coloc ». Elle n'a même pas eu le temps de leur dire « au revoir ». Elle veut aussi rendre visite à son ancienne collègue de cinquante ans son aînée et devenue une « BFF » – acronyme de « Best Friend Forever » dont la traduction littérale serait quelque chose comme « Meilleure Amie pour Toujours » – ou presque pendant son stage là-bas. C'est décidé : en janvier prochain, elle partira « chiller » à Brooklyn.

Les conversations vont bon train et pourraient durer jusqu'au petit matin si une rangée d'hommes en uniforme n'arrivait pas pour y mettre fin prématurément. Quand nous étions gamins, les policiers ne débarquaient pas aussi tôt pour évacuer les lieux. Ou peut-être est-ce moi qui réécris l'histoire. En tout cas, les uniformes semblent pressés que l'on plie bagage. Tout en remettant un bout de saucisson dans son emballage, ma sœur marmonne :

« Ils font chier ! »

Pas de chance. Elle a marmonné un peu trop fort. Ou alors c'est l'uniforme derrière elle qui a eu l'ouïe un peu trop fine.

« Un problème, Mademoiselle ? »

Pas du genre à se dégonfler pour si peu, ma sœur rétorque :

« Nan, je disais juste qu'il est même pas vingt-deux heures et que vous pourriez nous demander de partir un peu plus gentiment.

– Mademoiselle, vous n'allez pas m'apprendre à faire mon métier. Alors soit vous et vos petits camarades, vous vous levez tout de suite, soit ça va mal se passer. »

Il ne voit pas que le visage de ma sœur est émacié ? Il ne voit pas que cet été, en rentrant de la plage, c'est aux urgences qu'elle a passé une bonne partie de ses soirées et de ses nuits ? Non, évidemment. Comment pourrait-il le deviner ? Peut-être que je devrais lui dire. Peut-être que si je sortais la carte « cancer », il ferait preuve d'un peu d'indulgence.

Je ne dis rien. Sur la joue de ma sœur, une larme s'est mise à couler.

∞ ∞ ∞

Aujourd'hui, tout est calme. D'habitude, c'est le bordel.

L'appartement que nous partageons au cœur du Sentier, à Paris, est devenu pour mon frère, sa copine, Charlotte, et moi, un bastion. Encore et encore, nous nous y réfugions pour conjurer les diagnostics alarmants des médecins. Chaque week-end, la semaine parfois aussi, nous y organisons de belles et grandes fêtes. Au grand dam de la gardienne, nous y accueillons nos amis – je ne remercierai jamais assez ces compagnons de misère de m'avoir aidé à tenir – et nous y mettons la musique à fond jusqu'à pas d'heure. Pas question d'y baisser les bras. Le désespoir n'a qu'à rester sur le palier. Ici, il n'y a de place que pour les rires, la joie et les excès. Pour les pleurs aussi, mais en secret, une fois nos invités partis et les lumières éteintes. En tout cas, la réputation de « maison du bonheur » le jour et d'« ambassade de la teuf » la nuit acquise par l'appartement au fil des mois qui viennent de s'écouler n'est pas usurpée.

Dans le salon d'ordinaire si bruyant, ma sœur est assise en silence. C'est rare qu'elle soit là. En général, c'est chez elle ou à l'hôpital que nous avons le plaisir de croiser son regard pétillant. Mais son état s'est stabilisé. Alors, à défaut de pouvoir repartir à New York, elle a gagné le droit de venir voir ses frères. C'est un miracle de l'avoir à nos côtés. Nous l'apprendrons plus tard :

toute petite déjà, elle était condamnée. Un gène capricieux avait décidé que ses jours seraient comptés. Depuis, les opérations à répétition et les cachets de chimiothérapie l'ont affaiblie. Pourtant, il en faudra davantage pour lui porter le coup fatal. Pour le moment, elle est occupée à tailler la mine de son crayon. Le bleu. La couleur que je préfère.

Sur la feuille blanche face à elle, ce ne sont ni des arbres, ni des fleurs, ni des oiseaux qui sont dessinés. Ce n'est pas non plus une maison, un soleil ou un animal. Sur cette feuille, il y a le maudit mot « cancer » joliment écrit. Il y a aussi le mot « morphine ». Et puis, le mot, moins courant celui-ci, « Freudmélie ». Cette contraction entre son prénom – Amélie – et le patronyme du savant fou est le surnom qu'elle s'est donné pour qualifier la personne qu'elle devient quand son cerveau vrille sous l'emprise de médicaments trop puissants. Quand elle cherche à résoudre par un chiffre magique le mystère de la vie. Quand elle veut trouver un sens à cette immense absurdité. Sur cette feuille, il y a enfin écrit, en plus petit, « Never give up ». Ce leitmotiv emprunté à une autre rescapée, elle en a fait son mot d'ordre et elle l'incarne avec un panache inégalé.

Pour agrémenter ces inscriptions et éveiller l'imaginaire, il y a également sur cette feuille tout un tas d'accessoires représentés plus ou moins fidèlement. Blouse, seringues, poches de médicaments. Je me demande si c'est ce que voit ma sœur quand elle ferme les yeux. Nos rêves sont souvent le reflet de notre quotidien. Depuis près d'un an, le sien ressemble à cela. La toile noire et blanche qui le dépeint est l'œuvre de l'une de ses infirmières. Une infirmière avec laquelle, allez savoir pourquoi – sait-on vraiment jamais ? –, un lien un peu spécial s'est noué. Cette dernière lui a dessiné les formes qu'elle a aujourd'hui sous les yeux en souvenir des moments compliqués et des moments joyeux qu'elles ont passés ensemble. Le résultat est très réussi. Ma sœur s'est empressée d'imprimer plusieurs exemplaires de la version originale. Ainsi, elle peut s'adonner sur ce support à sa nouvelle passion, le coloriage.

En attendant des jours meilleurs, nous nous apprêtons à mettre les premiers traits de couleurs sur cette relique de ses passages à l'hôpital. « À toi l'honneur, tu l'as bien mérité », ai-je envie de dire sans trop savoir si c'est ou non une bonne idée. Dans le doute, je me tais. Pas franchement envie de remuer le couteau dans la plaie qui parcourt son abdomen de haut en bas depuis qu'on lui a retiré les glandes surrénales, un rein et une partie du pancréas.

Soudain, le bruit moyennement mélodieux de la sonnette retentit dans l'entrée. Moi qui rêvais de calme, ce n'est pas le moment.

« C'est qui ? »

La question était rhétorique, mais ma sœur y répond avec un grand sourire :

« C'est Toto ! »

« Toto » – à ne pas confondre avec « Tototo », le surnom de Palmira –, c'est Thomas, son copain depuis un peu plus d'un mois. En la voyant partir ouvrir d'un pas léger, je me dis que les coloriages, c'est super, mais qu'à vingt-et-un an, un chéri, c'est quand même drôlement plus amusant. Après tout, malade ou non, il n'y a pas de raison.

∞ ∞ ∞

« Parfois, j'voudrais sauver la terre / Parfois, j'voudrais la voir brûler. »

Alors que je sors de la gare RER, les voix délicieusement « auto-tunées » de N.O.S et Ademo – les deux frères derrière les trois lettres PNL – résonnent dans mes oreilles. Je presse le pas en reprenant leurs paroles à mi-voix, comme je l'ai fait des centaines de fois déjà. Plus tôt dans la journée, j'ai papoté avec un dealer venu me livrer un pochon de « weed ». Il passe de plus en plus souvent ces temps-ci. Aujourd'hui, il était d'humeur bavarde. Avec ses dents recouvertes d'or, il s'est plaint d'un chauffeur Uber homophobe et sexiste. C'est un dealer progressiste. Ce serait une égérie parfaite pour une marque engagée qui voudrait faire bouger les lignes et soigner au passage son image auprès de portefeuilles en devenir. À mesure que j'accélère, mes jambes commencent à tirer. Elles se remettent du footing d'avant-hier. J'espère qu'elles vont vite récupérer. Dans pile deux semaines, je cours mon premier marathon.

Pour l'heure, je franchis les grilles imposantes du Parc de Sceaux. Alors que je m'apprête à retrouver ma sœur, je repense à ce qu'elle m'a confié en juin dernier. Elle s'était projetée en pleine forme et enfin tirée d'affaire cinq ans plus tard. Cinq ans, c'est la durée fixée arbitrairement pour qu'un malade du cancer puisse s'estimer guéri. Nous sommes en mars et nous sommes loin du compte. Les chimiothérapies des derniers mois n'ont pas obtenu les effets escomptés. Bientôt, on basculera vers un protocole expérimental. Alors pour la fin de la rémission, il faudra encore attendre.

Me voilà maintenant à notre point de rendez-vous. Face au bassin autour duquel s'élèvent deux sages allées de cyprès, j'aperçois au loin les silhouettes de ma sœur et de mon oncle Bernard. Mon cerveau marque une courte pause avant d'assimiler cette information. Les figurants ne collent pas au décor. D'ordinaire, c'est sur les plages bretonnes que marche mon oncle. Ou alors vers chez lui, dans le sud de la France. Quant à ma sœur, elle n'est plus revenue à l'appartement depuis notre séance de coloriage interrompue. Alors la voir gambader dans un parc est inespéré.

En les observant approcher, je me demande ce qu'ils peuvent bien se raconter. Je ne sais pas si Bernard a osé évoquer ses problèmes à l'usine. Après un dosage soi-disant erroné, il s'est retrouvé démis de ses responsabilités. Si j'ai bien compris, il passe depuis ses journées à balayer. Je ne sais pas non plus si ma sœur a osé évoquer ses problèmes à l'estomac. Après une opération soi-disant bénigne, elle s'est retrouvée souffrant le martyr. Si j'ai bien compris, elle n'a depuis cessé de souffrir. Je ne le saurai jamais, mais je doute que ces deux anecdotes aient été abordées par leur protagoniste. Ni l'un ni l'autre n'est du genre à se plaindre.

Le duo n'est plus qu'à quelques mètres. Avec son appareil photo pendu autour du cou, Bernard est fringant. J'ai même l'impression que son dos courbé s'est redressé. À ses côtés, ma sœur, elle aussi, est rayonnante. Ses cheveux courts lui vont à merveille. Derrière ses lunettes de soleil, ses joues sont de plus en plus émaciées – kétamine, cortisone et consorts sont passés par là –, mais son sourire est immaculé. C'est elle qui prend la parole la première :

« Didou ! Tu sais s'il reste des places pour le marathon ? Ça m'a donné envie de m'inscrire ce petit tour du parc. »

∞ ∞ ∞

« Tu dors ? »

Depuis l'année dernière, ces deux mots s'affichent régulièrement sur l'écran de mon téléphone. Parfois, il n'y en a qu'un seul. « Doud ? », le diminutif de « Doudi ». En général reçus entre minuit et trois ou quatre heures du matin, ces messages lapidaires marquent le top départ du service de nuit. Nous n'avons pas encore le droit de dormir avec elle à l'hôpital, comme ce sera bientôt le cas. Alors, à défaut d'être présents physiquement, mes parents, mon frère et moi faisons en sorte de répondre quand ma sœur a besoin de papoter au beau milieu de la nuit. Comme je suis le couche-tard de la bande, c'est souvent moi qu'elle appelle. Et en ce moment, elle m'appelle souvent.

Ce soir, ça tombe bien. Je ne dormais pas. J'essayais tant bien que mal d'écrire les dialogues d'une websérie commandée par un client de la petite agence de création de vidéos que j'ai fondée avec un ami. Chaque épisode doit mettre en scène les exploits d'une « digital mum » – équivalent 2.0 de la ménagère de moins de cinquante ans – autour d'un produit alimentaire. Cette fois-ci, je dois broder une histoire autour d'une sorte de poudre qui, une fois mélangée avec de l'eau, forme une sorte de pâte qui, une fois mise au four, se transforme en une sorte de soufflé. J'ai eu beau mettre presque autant de « weed » que de tabac dans le joint que j'ai roulé avant de commencer à écrire, l'inspiration ne vient pas. Avant, je n'aurais jamais travaillé la nuit, et encore moins après avoir fumé. Depuis que je passe une partie de mes journées à l'hôpital au chevet de ma sœur, la sacro-sainte frontière vie pro - vie perso a volé en éclats.

Cet après-midi, ma sœur m'a demandé des conseils sur un sujet de la plus haute importance : le choix de sa « profile picture » sur Facebook. Elle hésitait entre trois des photos d'elle prises la semaine dernière, lors d'une exceptionnelle sortie à l'opéra. À ses côtés, ma mère, qui a mis sa vie sur pause pour passer un maximum de temps avec elle, n'était pas d'une grande aide. Ma sœur voulait mon avis d'expert en « personal branding » – l'art de mettre en valeur sa petite personne aux yeux du monde. J'ai été bien embêté pour lui donner. Elle était belle sur les trois photos. J'ai fini par pencher pour celle du milieu. C'était aussi sa préférée. Alors que je m'apprête à l'appeler, je me dis qu'elle veut peut-être débriefer des premiers résultats de ce changement de personnalité affichée sur les réseaux. Si c'est de cela dont elle veut parler, la discussion s'annonce joyeuse. Une heure après sa publication, la photo avait déjà récolté soixante-trois « like ». Elle était en passe de lui permettre de battre son précédent record. Après l'avoir publiée, ma sœur a passé la soirée avec Thomas, son copain. Elle l'avait attendu avec impatience. Il devait lui ramener des frites du McDo. Peut-être que c'est de cela dont elle souhaite bavarder.

Dès le premier décibel de son premier mot, je devine qu'il ne va être question ni d'une histoire de « like » ni d'une histoire de frites pas cuites.

« Didou, j'ai pompé. »

« Pomper », ça veut dire qu'elle a appuyé sur le bouton de la machine qui lui délivre ses doses de morphine. Elle en a quelque peu abusé ces derniers temps. Elle a cru devenir folle. Elle a essayé de se limiter, mais n'y est pas arrivée. Alors, elle et moi avons fait un pacte. J'arrête les clopes, elle arrête la morphine. Je n'ai pas le temps de la rassurer, de lui dire que c'est normal de craquer, que déjà elle embraye avec des phrases dont je ne comprends que des bribes :

« Toto est parti... vomi... J'avais trop mal... Doudi, je suis nulle... »

Les pleurs qui couvrent sa voix sont contagieux. Je commence, moi aussi, à sentir les larmes m'envahir.

Soudain, un emoji éléphant suivi d'un cœur et de quatre autres emojis animaux apparaît sur mon écran. Mon père, lui non plus, ne dort pas. Avec la maladie, il est devenu une sorte de Bisounours géant sur la boucle WhatsApp familiale. Il s'y est en effet transformé en un emoji éléphant qui distille des cœurs et des « Je vous aime » à tout bout de champ. Ce soir, le moment est parfaitement choisi. Son amour pixellisé me permet de reprendre mes esprits.

« T'es pas nulle, Minounette. T'es extraordinaire. Et ton Didou t'aime de tout son cœur. »

∞ ∞ ∞

Gustave Roussy. La Gotham City des métastases.

Niché sur une colline au Sud-Est de Paris, l'hôpital accueille des patients du monde entier. Leur trajectoire est variée, mais s'ils se retrouvent ici, c'est qu'ils ont pioché les six lettres maudites : C – A – N – C – E – R. Six lettres qui, une fois piochées, interdisent tout retour en arrière. Lorsqu'elles conduisent à Gustave Roussy, la perspective d'un retour à la « normale » s'éloigne encore. Lorsqu'on franchit les portes en verre coulissantes de l'entrée, le graal de la rémission devient d'un coup plus hypothétique. Celles et ceux qui y mettent les pieds pour y être soignés le savent. Alors autant dire qu'à l'intérieur, l'ambiance n'est pas à la fête.

Comme à chaque fois, je suis venu en RER – le B, fidèle destrier de mes sorties nocturnes adolescentes. Comme à chaque fois, je repartirai en Uber, n'ayant pas la force de faire le chemin en sens inverse. Déjà, quand j'ai aperçu la silhouette menaçante du bâtiment à travers la vitre du train, la tension en moi est montée d'un cran. Ensuite, quand j'ai attendu le bus 380 pour aller de la gare à l'hôpital, la vague d'appréhension s'est ancrée. Dans le bus, elle a pris possession de mon corps.

« Institut Gustave Roussy ». « IGR » pour les intimes. L'arrêt porte le nom de mon cauchemar. Compliqué de le louper. Devant l'entrée, la pression redescend à la vue d'un clan de gitans venus tenir compagnie à l'un des leurs. Je me dis que si la situation empire, au moins leur proche mourra bien entouré. Tout le monde n'a pas cette chance. Combien de fois après avoir frappé à la mauvaise porte, j'ai vu un sourire s'afficher sur le visage de la personne, souvent âgée, alitée devant moi. Combien de fois j'ai vu ce sourire s'effacer après m'être platement excusé pour la confusion. À mes yeux, il n'y a pas grand-chose de plus triste qu'une âme esseulée sur un lit d'hôpital.

Le hall est bondé. Familles et malades s'affairent. En moi, l'appréhension est devenue angoisse. Quelques mètres plus haut, ma petite sœur est sûrement en train de dormir. Elle n'a plus la force de faire grand-chose d'autre. Les sédatifs et les cellules infectées sont en passe de gagner leur terrible combat. Pourtant, il y a quelques semaines à peine, ma sœur s'est élevée dans les airs avec mon grand-père. Dans un élan de vie un peu fou, cette jeune fille de vingt-deux ans et ce papi de quatre-vingt ans passés ont décidé de faire du parachute ascensionnel au large de la plage de Fréjus. Ensemble, ils se sont envolés dans le ciel bleu. Mais ce moment de grâce semble s'être déroulé il y a une éternité. Bientôt, ma sœur entrera en soins palliatifs. Bientôt, ce sera le clap de fin. Alors au moment où j'appuie sur le bouton de l'ascenseur, elle doit dormir, c'est sûr. Au mieux, j'espère avoir le droit à un sourire. Quelques minuscules secondes. J'espère.

Les portes s'ouvrent. J'avance. Je me retourne. J'appuie sur le bouton numéro sept – le chiffre n'est-il pas censé porter bonheur ? –. Les portes se ferment. Je suis seul. C'est étrange. Une voix, ni douce ni rauque, m'annonce que j'arrive à destination :

« Septième étage. »

Merci pour l'information. Le mouvement ralentit. L'ascenseur s'arrête. Les portes s'ouvrent. J'avance. Je tourne à droite. Sans réfléchir. Je connais le chemin par cœur. Pas un bruit. L'ambiance n'est toujours pas à la fête. À moins que. Ce bruit sourd est-il juste dans ma tête ? J'avance vers la chambre de ma sœur. Le bruit se transforme en notes. C'est bien cela. Je ne rêve pas.

Derrière la porte, c'est la fête. Derrière la porte, on s'ambiance sur « J'me tire ». Quel drôle de choix ! Booba ou PNL, oui. Mais Gims – qui est encore Maître –, quand même... Je suis bien trop snob pour apprécier. Si j'avais été aux platines, le « lover » à lunettes noires se serait fait recaler. Mais je ne suis pas aux platines. Je suis devant la porte. Je toque.

« Entrez. »

J'entre. Ma sœur est entourée par deux jeunes femmes en blouse blanche. D'abord gênées par mon arrivée, elles voient que je dépasse mes goûts musicaux pour m'enthousiasmer de ce qui est en train de se passer. Elles se remettent à chanter. « Ouf ». Ça aurait été dommage de mettre fin à un miracle pour une simple affaire de rappeur préféré. Je parle de « miracle » car les deux jeunes femmes ne sont pas seules à chanter. Ma petite sœur aussi chante. Bien sûr, elle est là sans être là. Bien sûr, son ventre gonflé n'augure rien de bon. Bien sûr, son état de conscience est altéré par des mois et des mois passés à copiner avec un pilulier. Mais elle chante, putain. Elle chante.

Où trouve-t-elle cette formidable énergie du désespoir ? Et comment en est-on arrivé là ? À quel moment ces deux jeunes femmes qui sont payées pour lui administrer ses médicaments et lui faire sa toilette ont-elles eu l'idée brillante de faire chanter Gims sur l'enceinte et d'en augmenter le volume ?

Si les deux jeunes femmes ont pris cette liberté, c'est qu'elles ont dû se sentir extraordinairement à l'aise en compagnie de ma petite sœur. On ne met pas la musique à fond et on ne chante pas à tue-tête chez quelqu'un avec qui on ne se sent pas bien. Si elles se sont autorisé cette communion, c'est sans doute d'abord une question d'âge. À quelques années près, elles ont le même que ma sœur. Et même si l'âge, c'est dans la tête, j'imagine qu'elles se projettent plus facilement à la place de ma sœur qu'à celle d'une octogénaire. Mais ce n'est pas tout. Si ma sœur récolte aujourd'hui un condensé de joie, c'est aussi que depuis son arrivée, elle en a beaucoup semé autour d'elle.

Depuis qu'elle est ici et avant déjà, à l'Hôpital Cochin, ma sœur a systématiquement remercié chaque personne qui s'est occupée d'elle. Alors qu'elle aurait eu toutes les raisons au monde de le faire, elle a, je crois, mis un point d'honneur à ne pas se complaire dans un rôle de victime aigrie par sa malchance. À chaque plateau repas qu'on lui a apporté, elle a, si elle était éveillée, trouvé l'énergie de dire « merci ». Chaque fois qu'on lui demandait comment ça allait, elle retournait la question comme pour signifier à son interlocuteur ou son interlocutrice que ce n'est pas parce que l'on n'est pas allongé sur un lit d'hôpital que l'on n'a pas le droit d'aller mal.

Ces « merci » et ces « ça va ? », elle ne les adressait pas par devoir comme pourrait le faire un bourgeois dans un mouvement de paternalisme exécrable envers le « petit personnel ». Elle ne les adressait pas non plus par acquit de conscience comme pourrait le faire un bobo comme moi avec une condescendance déguisée au moins aussi détestable que le sentiment de supériorité de ses aînés. Elle les adressait, me semble-t-il, avec une absolue sincérité. Pour elle, chaque être humain mérite un « merci » et un « ça va ? » authentiques. Pour elle, qui était aussi à l'aise en bas d'une tour qu'à un vernissage du MoMA – le musée d'art moderne de New York –, pas question de faire une distinction pour une histoire d'argent ou de milieu social. Pour elle, dont la meilleure amie est d'origine vietnamienne et le premier amour métisse, pas question non plus de porter un regard différent sur quelqu'un pour une histoire de couleur. Plus que n'importe qui dans l'univers, elle fait abstraction du corps pour sonder le cœur. Moi, le bobo qui tâche tant bien que mal de s'extirper de ses préjugés, je la respecte infiniment pour cet humanisme hors du commun.

Davantage encore que son âge, c'est sans doute cette ouverture d'esprit inégalée qui a convaincu les deux jeunes femmes devant moi de chanter à l'unisson avec ma sœur. Si elles ont ressenti l'envie de partager avec elle ce moment farfelu, c'est sans doute qu'elles ont compris qu'elles pourraient le faire à cœur ouvert, sans filtre ni jugement. Face à elles, comme toute personne incrédule devant un miracle, je me suis mis à filmer. Comme celle de ma mère au bord de la piscine en plastique, la bobine digitale qui tourne dans mon téléphone m'aidera à croire que ce moment hors du temps a bien existé.

Les deux jeunes femmes chantent de plus belle. Si elles et leurs collègues n'ont pas encore connu leur heure de gloire éphémère avec les applaudissements du confinement, elles ont déjà gagné mon respect éternel par leur présence auprès de ma sœur. Je repense à

Palmira. Petite, elle voulait devenir infirmière. Pas médecin. Infirmière. Infirmières, infirmiers, aides-soignantes, aides-soignants : les voilà, les vrais héros. Et aujourd'hui, au beau milieu de ce royaume héroïque, ma petite sœur est la reine.

Je t'aime, ma reine.

∞ ∞ ∞

Mon père toque à la petite porte sur la droite de l'église. Ou peut-être est-ce moi qui toque. Mille fois, je suis passé devant cette porte. Dix mille fois même. Jamais, je n'ai toqué.

« Entrez. »

Le temps s'est comme accéléré dans les heures qui ont précédé cet « entrez ». Hier, mon frère et moi avons réfléchi au discours que nous allons prononcer le jour J. Comme d'habitude quand j'écris, j'ai été trop bavard. Mais quelques-uns de mes mots n'étaient pas si mauvais. Mon frère s'est chargé d'enlever les autres et de compléter. Avant-hier, sa copine, « Lolotte », et moi avons été voir ma sœur une dernière fois au sous-sol d'un charmant hôtel particulier du quinzième arrondissement de Paris, la Maison médicale Jeanne Garnier, spécialisée en soins palliatifs. Nous nous sommes pris en selfie à côté du cercueil et avons ri dans un joyeux déni et une pathétique tentative de conjurer le sort. Pourtant, les dés étaient jetés. Avant-avant-hier, j'ai vu cette image qui continuera à me hanter jusqu'au bout : le corps de ma petite sœur gonflé, inerte, sans vie. J'ai vu ce collier lugubre fixé autour de son cou pour que sa tête reste haute.

La main qui toque est tremblante et le « entrez » bienveillant. Son émetteur nous invite à nous asseoir. Cette invitation ne laisse aucun doute : nous sommes tombés sur un curé sympa. Je ne sais pas ce qui m'attend – à ma connaissance, il n'y a pas de guide « Perdre sa sœur de vingt-deux ans pour les Nuls » –, mais ça aurait pu être pire. Nous aurions pu tomber sur un idiot incompétent. Nous avons beaucoup de chance. Notre curé de qualité entame la discussion. Il nous raconte dans les grandes lignes comment la cérémonie va se dérouler. Je me dis que ça ne doit pas être facile comme métier. Un mot de travers, et c'est la foire aux pleurs et aux lamentations.

Nos yeux sont humides, mais pour le moment, mon père et moi tenons bon. Notre interlocuteur poursuit son monologue. Je me concentre pour en faire un compte-rendu exhaustif à ma mère et à mon frère. Ce n'est pas simple, mais pour le moment, mon père et moi tenons bon. À cet instant, le curé nous pose la question fatidique :

« Est-ce qu'il y a un texte sacré en particulier que vous souhaitez faire lire pendant la célébration ? »

J'en sais rien, moi. J'ai tout oublié des cours de « cathé ». Mais en fait, je m'en bats les couilles. Ça veut dire quoi « sacré » ? Tu sais ce qu'elle lui fait ma sœur à ton Dieu de merde ? Elle lui chie dessus.

En moi, ce violent mouvement de rejet repart aussi vite qu'il est arrivé. Aussitôt, un vide intersidéral lui succède. Calme plat. Rien à signaler. Tout ça pour ça. Mes parents ont travaillé dur pour nous permettre d'étudier dans une école privée. Nous y sommes allés sagement chaque matin de la maternelle à la terminale. Et moi, je suis là, assis, le cerveau aussi vide qu'une boîte de Chocapic après un gros petit-déjeuner. Si seulement je pouvais appeler un ami. Palmira ou Bernard par exemple. Eux sauraient quoi répondre. Mais nous ne sommes pas dans un jeu télévisé. Nous sommes à la réunion de préparation d'un enterrement. Et malgré leur présence assidue aux messes dominicales, peut-être qu'à ma place, même Palmira et Bernard sècheraient.

Comment traduire par des mots le plus beau sourire de la terre ? Quel évangile pourrait fidèlement rendre hommage à cette joie de vivre si communicative ? Quel texte, sacré ou non, pourrait être à la hauteur de cet être si extraordinairement lumineux ? Je revois ma sœur danser dans notre appartement du Sentier quelques mois plus tôt. Je la revois chanter comme si aucune épée n'était suspendue au-dessus de sa tête. Je la revois dans les vagues en Bretagne sur notre bien-aimée Plage Carrée. Je l'imagine manger des rillettes avec Papi, jouer aux cartes avec Bernard, conduire cheveux au vent avec Lolotte. Elle est belle, elle est drôle, elle est libre.

Cette fois-ci, c'est la bonne. Des larmes coulent sur mes joues. Au loin, une voix résonne :

« Si vous voulez, je peux vous aiguiller. »

Oui, faisons comme ça. Aiguille-nous. Qui sait ? On n'est pas à l'abri de trouver quelque chose qui parle d'amour ou de partage. J'ai bien fait de ne pas m'énerver. Tout n'était peut-être pas à jeter dans les cours de « cathé ». Et puis, de toute façon, ce n'était pas comme si nous avions d'autres options.

∞ ∞ ∞

Trois mois déjà. Trois mois que la fête est finie. Trois mois que ma petite sœur est partie.

Ces trois mois ont commencé par une belle journée. Celle des funérailles. J'ai été frappé par le nombre de gens présents et par la précision des souvenirs heureux que chacun d'entre eux avait avec ma sœur. Même des gens qui ne la connaissaient que peu m'ont raconté des touchants moments de joie partagés avec elle. Pour ponctuer cette belle journée, nous avons organisé une belle et longue fête. La plus longue et la plus belle de toutes.

Depuis, c'est plus compliqué. Depuis, nous faisons comme nous pouvons. Depuis, les soirées se font rares dans notre appartement. M'y voilà seul, assis sur le canapé. Défoncé. « Fonsdé », comme on dit. Cette semaine, comme la précédente, j'ai fumé dès le lundi matin. J'ai fumé pour chasser cette pensée – « Je veux mourir » – qui résonne en moi encore et encore. Cette pensée qui est, je crois, teintée d'un vague espoir inconscient de retrouver ma sœur. Cette pensée qui, en tout cas, me fait du bien. Cette pensée qui m'empêche de céder sous le poids de l'immense tristesse qui s'est abattue sur moi.

Tant que j'entrevois une échappatoire, la tristesse reste supportable. Pourtant, je sens bien que la parade du suicide n'est pas une solution satisfaisante à mes problèmes. Je sens bien que son alternative enfumée ne l'est pas non plus et que le salut est à chercher ailleurs. Je sors de chez la psy pour tenter d'y voir plus clair. La première séance d'une longue, longue série. Il y a aussi quelques lueurs d'espoir. Il y a cette fille, Pauline, aussi belle que gentille, qui semble s'intéresser au dépressif que je suis devenu. Mais ces lueurs sont éphémères. Lorsqu'elles s'éteignent, je ne vois que du noir. Alors pétard au bec, je fais défiler sur Instagram un flux infini d'images vantant un bonheur mis en scène.

Quand le surnom « Tototo » s'affiche sur l'écran, interrompant mon désolant défilement, j'hésite à décrocher. Je n'ai le cœur à rien. Pas même à prendre des nouvelles de ma petite Palmira. Je m'étais dit que je l'appellerais, mais je n'en ai pas eu le courage. Pas eu le courage d'enfiler le masque des « comme si ». Comme si la vie n'était pas une chienne. Comme si tout n'était pas vain. Comme si j'avais la force de continuer à avancer. Je laisse Palmira en tête-à-tête avec mon répondeur.

Aussitôt a-t-elle laissé son message, aussitôt je l'écoute. Je ne l'écoute pas en entier. Son « Coucou Didou ! » suffit à me faire culpabiliser. Je la rappelle.

« Tototo ! Désolé, j'ai loupé ton appel. »

S'il ne se transforme pas en grosse boule de neige – on n'est jamais à l'abri –, un petit mensonge ne fait jamais de mal à personne. Palmira ne m'en tient pas rigueur. Elle m'appelle pour me raconter ce qui lui est arrivé la nuit derrière quand elle a fermé les yeux. Elle s'est retrouvée debout au milieu des bois sur de l'herbe verte. Soudain, un petit papillon est venu tout près d'elle. Ce papillon, c'était ma sœur. Elle est formelle. Elle le sait, elle l'a senti.

Depuis le début de la maladie, j'ai gratté des carnets entiers, mais cette image toute simple d'un papillon dans une clairière est plus jolie que tout ce que j'y ai écrit. J'esquisse un sourire. L'étincelle jaillit. Me voilà qui crois. Ça faisait longtemps. Ces derniers temps, je ne croyais plus. Plus à personne. Plus à rien. Plus à aujourd'hui. Plus à demain. Plus à ce que je suis. Plus à ce qui vaut la peine de se battre. Et là, j'y crois. C'est bien ma sœur qui est passée faire un « coucou » à Palmira hier soir. Et si elle est passée une fois, peut-être qu'elle reviendra. Peut-être que moi aussi j'aurai le droit à la visite virevoltante d'un insecte ailé. Peut-être qu'il se sera entre-temps métamorphosé en un autre animal.

Au bout du fil imaginaire, Palmira me raconte le reste de sa journée d'hier. Je n'en retiens rien. Je ne l'écoute plus vraiment. Je suis resté dans la clairière. Pour combien de temps ? Je ne sais pas. On verra. Sûrement plus pour très longtemps. Déjà la raison me rattrape et l'entreprise – faire revivre une morte – me semble hasardeuse. Mais pour l'heure, comme le ferait le grand Johnny, j'ai envie de rétorquer à ma rationalité : « Peut-être avec le temps à la force d'y croire / On peut juste essayer pour voir ».

∞ ∞ ∞

Face à nous, la maisonnette n'est ni une baraque en tôle comme celle où Palmira est arrivée du Portugal ni un pavillon de banlieue plus ou moins bourgeois comme ceux où j'ai grandi. La maisonnette est quelque part entre les deux. Elle est en piteux état. Elle sera d'ailleurs détruite dans quelques mois.

Pauline et moi sommes en retard. Quelle surprise ! Les retards sont devenus chez moi comme une marque de fabrique. Nous avons pourtant pris nos dispositions. Nous avons fermé à clé l'appartement où je vis toujours avec mon frère et Charlotte il y a plus d'une heure. Mais depuis, le RER B a fait des siennes. Ce blagueur infatigable ne rate pas une occasion de nous surprendre. Cette fois-ci, il nous a fait le coup de « la panne de signalisation ». Ça aurait pu être celui de « l'incident voyageur ». Si l'on en juge aux réactions de nos compagnons de voyage, son humour reste incompris. Qu'à cela ne tienne, il persévère. Comme s'il voulait faire du comique de répétition son registre de prédilection.

Il y a quelques minutes, nous sommes descendus en gare de Fontaine Michalon. Nous avons ensuite marché quelques mètres. Quelle épopée ! Je ne pouvais contenir en moi une fierté grandissante. Ce que j'ai oublié de préciser, c'est que nous sommes samedi matin. Pendant une bonne partie de ma vie, le samedi matin a été exclusivement consacré à une autre activité : décuver les excès de la veille. Mais pas aujourd'hui. J'ai grandi. Je me suis mué en une sorte de héros des temps modernes. Quel homme ! Pour m'assurer que ce sentiment enivrant n'est pas usurpé, je ressens le besoin de l'extérioriser. Je me tourne vers Pauline et lui demande en tâchant de ne pas en faire des tonnes :

« On est courageux quand même, nan ? »

Pas de réponse.

La porte de la maisonnette s'ouvre. Palmira apparaît :

« Didou ! Mon petit ! Je suis trop contente de te voir ici ! »

« Ici », c'est La Pause. Un centre d'accueil pour les sans-abris où Palmira vient tous les samedis. Je me demande si elle éprouve chaque semaine la même fierté que j'ai ressentie il y a quelques secondes. Évidemment que non. Évidemment que cet orgueil démesuré est déplacé. J'imagine qu'elle, si elle le fait, c'est parce qu'il faut bien que quelqu'un le fasse. Ce n'est pas pour remplir une jauge d'ego imaginaire. Moi, avec mes quelques maraudes et mes deux-trois distributions de repas, je ne suis qu'un bébé du bénévolat. Elle, avec ses centaines et centaines d'heures au compteur, est une ancienne. Je ne me jette donc pas la pierre : j'attribue mon arrogance aux travers de la jeunesse.

Et puis l'essentiel n'est pas là. Si elle est contente, je suis content.

« Tototo ! Moi aussi, je suis heureux de te voir ! Je te présente Pauline, ma copine.

– Enchantée, Pauline. Moi, c'est Palmira. Mais tu peux m'appeler « Tototo ». »

« Tototo » : ce surnom que mon frère, ma sœur et moi avons attribué à Palmira mérite une explication. Celle-ci est très simple. « Palmira ». « Palmito » – comme les gâteaux. « Tototo ». Trêve de bavardages. Avec cette sombre histoire drôle de RER B, la matinée est déjà bien entamée.

Un quinquagénaire à la barbe fournie qui rendrait verts de jalousie les hipsters du Canal Saint-Martin a besoin d'aide pour la vaisselle. Ici, pas de différence entre celles et ceux qui ont un chez eux et celles et ceux qui n'en ont pas. Ici, pour la vaisselle comme pour le reste, tout le monde met la main à la pâte dans un joyeux bordel plus ou moins organisé. Les mains recouvertes de PAIC, j'observe maintenant par la fenêtre le potager sorti de terre grâce à la sueur de la petite troupe. Un lieu qui conjugue générosité, hospitalité et respect de la nature : est-ce que l'on ne serait pas sur un triple effet Kiss Cool ? Pas étonnant en tout cas que Tototo en soit l'une des mascottes. Elle, dont le jardin est une jungle, la cuisine une institution et le cœur une mine d'or, doit s'y sentir bien.

À notre droite, la porte s'ouvre. « Ouf » ! Nous ne sommes pas les derniers. Palmira saute sur l'occasion pour charrier le nouvel arrivant :

« C'est pas trop tôt ! Le réveil a pas sonné ce matin ou quoi ? »

La blague du réveil capricieux à quelqu'un qui dort dans la rue. Il fallait oser. Je ne l'aurais pas fait. Si j'y avais pensé, je me serais auto-censuré en masquant mon malaise et ma condescendance par un simili-respect bien-pensant. Quand elles sont adressées avec respect, les vannes ont pourtant une forme de magie : elles mettent immédiatement le « vanneur » et le « vanné » sur un pied d'égalité. La boutade de Palmira, en tout cas, fait mouche. Le petit nouveau rigole et rétorque qu'il avait un rendez-vous important. Palmira feinte d'être vexée :

« Ah bon ? Parce qu'on n'est pas importants, nous ? Bon, comment va ton pied ? »

La réponse est évasive :

« Ça pourrait être pire. Tiens, j'ai un cadeau pour toi. »

L'homme lui tend un pendentif fait de bric et de broc. Palmira le remercie puis se tourne vers moi avec malice :

« Heureusement que j'attends pas les Degouve pour qu'on me fasse des cadeaux... »

J'apprendrai plus tard que le petit nouveau n'est pas si nouveau. Ça fait presque vingt ans qu'il vient tous les samedis ou presque. Hormis deux courts séjours en prison pour des broutilles, il n'a manqué aucun de ces rendez-vous hebdomadaires. Quand je demanderai à Palmira si ce n'est pas frustrant de voir que sa situation n'évolue pas, elle me répondra que c'est comme ça, qu'à quelques exceptions près, aucune des personnes accueillies ne sortira de la rue. Moyennement convaincant pour une évaluation de fin d'année. Très bien, et comment comptes-tu remédier à cela ? Quels sont tes « objectives » et tes « key results » associés pour le Q1 – acronyme anglais désignant la période hivernale de janvier à mars ? Ah non, j'oubliais, on n'est pas ici au pays merveilleux des start-ups. Générosité et

KPI – ces indicateurs de performance absolument clés pour garantir le fonctionnement de toute entreprise qui se respecte – ne font pas bon ménage.

Les assiettes sont propres et les estomacs sont pleins. Dans la pièce d'à côté, Palmira entame une partie de dominos avec deux femmes sans âge. Pauline et moi sommes invités à rejoindre la partie. Je déteste les jeux mais accepte par politesse. La chance du débutant me sourit. Je me surprends à m'amuser. Je gagne une partie, puis deux, puis trois. Ça devient suspect. Mes adversaires du jour ne sont pas dupes :

« C'est pas possible, tu triches ! »

Je blêmis. Heureusement, Palmira veille sur moi :

« Bah non, c'est normal, c'est moi qui lui ai appris à jouer ! »

Devant le regard perplexe de la dame en face d'elle, elle s'explique :

« Mais si, tu sais, c'est le frère de la petite. »

∞ ∞ ∞

Le décor semble tout droit sorti de Tomb Raider. Mais ici, pas d'aventurière en « poom poom short ». Juste ma tante en poncho.

Ce matin, le temps est breton. Quand nous sommes partis, il y a une heure ou deux, il faisait beau. Maintenant, un peu moins. Pour autant, le crachin n'enlève rien à la magie du lieu. Si j'étais de mauvaise foi, je dirais même qu'il ajoute une touche pittoresque à la scène. Je n'irai pas jusque-là. En tout cas, l'humidité a ravivé le vert des fougères et du lierre. Le contraste avec le gris foncé de la demeure abandonnée où nous nous trouvons est d'autant plus saisissant. Ici, la nature a repris ses droits. Les pierres sont fanées et les feuillages florissants. Ça me rappelle les ruines d'Angkor au Cambodge. Ce bout du monde n'est pas moins exotique. Siem Reap, Crozon, même combat.

Devant moi, Bernard a des airs de hipster berlinois. Chaussettes relevées, short un peu court, lunettes épaisses. La panoplie est presque complète. J'imagine mon oncle préoccupé, limite angoissé. Pour les filtres, on est bon mais quels croisillons va-t-il bien pouvoir mettre sous son dernier cliché ? Comment maximiser sa portée et faire grandir sa communauté sur Insta ? Cramponné à son appareil, Bernard ne semble en réalité pas trop perturbé par ces questions cruciales pour la survie de l'humanité. Un jour, peut-être, il aura internet sur son téléphone, mais pour l'heure, il tâtonne tant bien que mal avec son ordinateur. Ses « followers » attendront.

Nous avons à présent retrouvé notre cher sentier côtier. Derrière nous, Pauline et ma tante, « Pépette », papotent toutes les deux. Je me demande ce qu'elles peuvent bien se raconter. J'aimerais avoir le don d'ubiquité pour les écouter. À mes côtés, Bernard poursuit son monologue. C'est reposant de marcher avec lui : pas besoin de se creuser la tête pour trouver les sujets de conversation. Comme il entend mal, il a trouvé une technique infaillible pour ne pas faire répéter son interlocuteur : il fait les questions et les réponses. Depuis qu'il a fermé la portière de sa 307 flambant neuve, il m'a évoqué ses problèmes avec l'administration – « Ils me disent de tout faire sur internet. Tu comprends ? C'est pas pratique » –, son projet de numérisation de diapositives – « Je vais les projeter sur le mur de ma chambre et les prendre en photo avec mon nouvel appareil. Tu comprends ? » –, son voyage au Pérou pour le mariage de mon cousin – « Les routes étaient cabossées, oh là là... Des trous grands comme ça ! » – et d'autres choses auxquelles j'ai prêté une oreille distraite.

Je ne saurais pas dire comment on en est arrivé là, mais Bernard évoque désormais son adolescence. Première nouvelle : Bernard a été adolescent. Pour moi, il fait partie du décor estival. Il a toujours été là et sera toujours là. Il ne vieillit pas et n'a jamais été jeune. Il est, c'est tout.

« J'étais agressif, j'en voulais au monde entier. »

Deuxième nouvelle : Bernard est capable de méchanceté. Pour moi, il échappe à la règle universelle selon laquelle nous avons tous une zone d'ombre. Le reste de l'humanité – sauf Palmira et ma sœur peut-être

– ment, manipule et se regarde le nombril. Lui, non. C'est un vrai gentil, Bernard. C'est un saint, Bernard.

« Quand j'ai grandi, je me suis dit que ça servait à rien d'être méchant. C'est grâce à maman. »

Je trouve son humilité touchante. Plutôt que de chercher à en récolter les lauriers, il attribue le mérite de son changement de comportement à sa « maman », ma grand-mère.

« Bien sûr, Bernard, il a des regrets. Il aurait aimé avoir des enfants. Ou travailler avec des enfants. Instituteur, c'est un beau métier. Bernard, il aime beaucoup les enfants. »

Sans s'en rendre compte, il a basculé à la troisième personne. Comme si l'ego derrière le « je » le dérangeait. Il poursuit :

« Mais c'est comme ça la vie. Tu sais, Bernard, il est pas compliqué. »

Fin du « game ». Tout est dit.

Je repense à un podcast que j'ai écouté avant-hier. Une jeune entrepreneuse y expliquait que si l'on voulait espérer s'en sortir, on devrait passer par un changement radical de système. Son maître-mot, qu'elle cuisinait à toutes les sauces : la « frugalité joyeuse ». Je me dis que les mots simples de mon oncle sont bien plus forts que ceux de mon homologue « startuppeuse ». Mais au final, le message est le même. C'est donc cela la clé : la simplicité. Se contenter de ce que l'on a.

Composer avec ce que le destin nous réserve. Le lieu est parfaitement trouvé pour commencer la révolution. Ici, sur la Presqu'île de Crozon, tout est plus simple. Après l'avoir imaginé en hipster fou, je vois maintenant en mon oncle un guide suprême, qui ouvre la voie à toute une génération.

Comme il le fait souvent, il passe alors du coq – l'adolescent qu'il a été – à l'âne – ma petite sœur :

« Tu sais, je prie souvent pour elle. »

Je sais. S'il ne le faisait pas, il ne ponctuerait pas chaque carte qu'il nous envoie par un si sobre et si bouleversant « Je pense à Amélie. » Je lui dis que moi, non, mais que Palmira, oui, elle prie aussi. Il me demande comment elle va. Je me demande quand ils se sont vus pour la dernière fois. Ça me revient. À l'enterrement. Bien sûr.

« Elle va bien. Elle te passe le bonjour. »

∞ ∞ ∞

Conjugué à la douce léthargie de l'après-déjeuner, le doux ronronnement de l'Opel Corsa fait son effet. Je suis à deux doigts de somnoler. Pourtant, le récit de Palmira à côté de moi n'est pas inintéressant. Je pourrais faire un effort. Et puis, d'ailleurs, j'aurais pu m'y intéresser plus tôt.

Aujourd'hui, Palmira nous conduit à Massy où elle a passé quelques années de sa vie. À quelques kilomètres de là où moi j'ai grandi. Trois ou quatre sans doute. Cinq peut-être. Pas plus. Si c'est la première fois que je vais là-bas, ce n'est donc pas une question de distance. C'est juste une question de volonté. Est-ce que j'ai bien fait de lui demander de nous emmener sur les traces de son passé ? En tout cas, Palmira semble inspirée par le sujet :

« Papa, il est arrivé deux ans avant nous. Nan, trois. Nan, attends, je sais plus. »

En tout cas, son père n'est pas arrivé du premier coup. La première fois, il s'est fait choper par la police espagnole. C'était l'époque de Franco. J'imagine que la police en question était moyennement bienveillante. Mais le patriarche de la famille ne s'est pas découragé pour autant. Sa seconde tentative a été plus fructueuse que la précédente. Les passeurs étaient sans doute mieux rôdés. Pendant deux ans – peut-être trois, elle ne sait plus exactement –, la papa de Palmira a ensuite écrit des lettres que sa mère s'empressait de lire. Ou plutôt, il a fait écrire des lettres que sa mère s'empressait de faire lire. Ses parents ne savaient ni lire ni écrire. Et puis, un jour, ce fut le bon. Palmira, sa mère, son frère et ses sœurs embarquèrent à huit dans une 404. Direction Massy. « Adeus, Salazar ! »

Dans leur cas, pas d'enfer libyen ni de cauchemar méditerranéen à traverser, mais je ne peux m'empêcher de penser aux exilés d'aujourd'hui qui, eux aussi, abandonnent tout pour fuir leur pays. Palmira, qui maîtrise à merveille l'art de raconter des histoires, profite d'un feu rouge pour marquer une pause. Peut-être qu'elle refait le voyage dans sa tête. Ou peut-être que, comme moi, elle a juste un peu trop mangé. En tout cas, la voiture devant nous ne redémarre pas assez vite à son goût :

« Qu'est-ce qu'il fout celui-ci ? »

Elle ronchonne mais ne klaxonne pas.

La voiture finit par avancer. Palmira reprend là où elle s'est arrêtée :

« C'est vrai que ça fait bizarre au début. Tu te dis : « C'est ça la France ? ». Au Portugal, on avait une maison en pierre. Ici, on dormait dans une baraque en tôle. »

Pour m'aider à me projeter, elle m'explique que c'est comme les camps de gitans aujourd'hui. Je repense aux gitans qui siégeaient devant l'Institut Gustave Roussy.

« Ou comme les immigrants. »

C'est vrai que les camps et les bidonvilles ne sont pas passés de mode. Mais jamais encore, je n'ai discuté avec l'un de leurs habitants. Peut-être que je devrais aller à leur rencontre. Ou peut-être que je ne serais pas le bienvenu et que le simple fait d'y penser est d'une indécence folle.

La chambre où j'ai grandi, moi, n'était pas faite de tôle. Ses murs étaient recouverts d'une belle fresque bleue en papier peint et elle était remplie de peluches et de livres. Alors je suis curieux :

« Ce n'était pas trop dur ? »

D'apparence empathique, ma phrase interro-négative n'est-elle pas en réalité uniquement destinée à récolter de croustillants exemples de misère humaine ? Je ne crois pas, mais qui sait ? Nos pensées ne sont pas livrées avec une notice explicative. Palmira ralentit. Cette fois-ci, elle klaxonne :

« Olá, José ! »

Elle se tourne vers moi :

« Il est portugais. »

Je ne sais pas trop comment – peut-être parce qu'elle n'a pas dit « Salut, Jean ! » – mais j'avais deviné. Palmira a perdu le fil :

« Qu'est-ce qu'on racontait ? »

Je répète ma question. Elle me semble encore plus inappropriée que la première fois que je l'ai prononcée.

« Bah si, surtout quand maman est tombée malade. Elle a fait un ulcère. Elle a failli mourir. »

Comme pour prendre la mesure de ce qu'elle vient de dire, Palmira s'arrête un instant puis répète :

« Elle a failli mourir. »

Je sais depuis ma sœur que l'on ne dit pas cela innocemment. Alors je tourne sept fois ma langue dans ma bouche avant d'émettre une quelconque réaction à cette information. Au bout de la sixième, Palmira me devance et complète sa réponse :

« Mais il y a eu des moments sympas aussi. On rigolait bien. Et puis, c'est ici que j'ai rencontré Joachim. »

Ma théorie selon laquelle Palmira a, comme ma sœur, trouvé un remède dans la formule « humour + amour » semble se confirmer. Leur antidote à la tristesse devrait être prescrit plus souvent. Palmira poursuit sur sa lancée :

« Enfin bon, si ça avait pas été lui, ça aurait été un autre. »

La vierge collée à côté du tableau de bord semble s'offusquer de cette frivolité. Palmira, elle, éclate de rire.

∞ ∞ ∞

Trois bonnes heures que nous marchons. Enfin, nous arrivons à destination.

Cette destination, Bernard l'a choisie pour nous il y a quelques semaines déjà. À peine Pauline et moi lui avons-nous annoncé notre venue, que déjà il avait en tête l'endroit où il nous emmènerait. Et le moins que l'on puisse dire, c'est qu'il ne s'est pas trompé. Le décor est parfait. Au-dessus de nous, un ciel d'un bleu dont Pantone devrait s'inspirer pour choisir sa couleur de l'année. Autour de nous, des monts enneigés dont Patagonia devrait s'inspirer pour dessiner sa prochaine collection. Face à nous, un lac sublime sur lequel se reflètent ciel et monts. Je brûle d'envie d'y plonger.

Mais pour la baignade, il faudra attendre. Chaque chose en son temps. Pour l'heure, l'urgence est de trouver le coin parfait où pique-niquer. Pas besoin d'aller bien loin : nous sommes aux abords de la Vallée des Merveilles et tout ici est idyllique. Nous ne tardons pas à nous asseoir sur un confortable duvet d'herbe fraîche. Voici venu le moment tant attendu : enfin, nous pouvons retirer les chaussures de randonnée que nous avons enfilées il y a quelques heures. Délivrance. Joie. Extase. Les mots manquent pour qualifier la sensation procurée. La souffrance n'était pas vaine. Elle est comme annihilée d'un coup d'un seul par l'éphémère instant de plaisir qu'elle préfigurait.

Au menu, le chef nous a concocté un véritable festin : salade, œuf dur, sandwich à la dinde et compote. Alors qu'il faisait encore nuit et que nous avions les yeux fermés, Bernard a soigneusement glissé ces délices aux côtés des gourdes, des polaires et des K-Way dans les sacs qu'il a préparés pour nous il y a quelques jours. La chorégraphie est rodée et le service irréprochable. Pauline et moi sommes aux anges. Dommage qu'il n'y ait pas une application pour récompenser ces efforts par cinq belles étoiles.

Je profite de cette halte pour poser à Bernard une question qui me trotte dans la tête depuis que nous sommes partis :

« Pourquoi est-ce que tu ne t'inscris pas dans un club de randonnée ? »

C'est vrai, pour lui qui adore marcher et qui a du temps, maintenant qu'il est à la retraite, ce serait le moyen parfait de faire de nouvelles rencontres. Moi, qui pense avoir eu l'idée du siècle, je me rends vite compte que je suis à côté de la plaque. Il m'explique qu'il préfère marcher seul. Dans un groupe, sa surdité, il est vrai assez prononcée, le distingue des autres. Il nous raconte que c'est paradoxalement quand il est avec d'autres gens qu'il éprouve le sentiment de solitude le plus marqué. La présence des autres amplifie la conscience de sa différence. Je comprends alors que là où je vois de la matière pour Pantone et Patagonia, Bernard a trouvé bien plus que cela. Il a trouvé dans la nature un refuge, loin d'une humanité où il est trop souvent incompris.

Si Bernard préfère marcher seul que moyennement bien accompagné, c'est aussi qu'il aime avancer à son rythme. Or la présence d'autrui interdit toute pause pipi. Elle rend aussi plus compliquées les prises de vue. Quand il marche, Bernard préfère donc les bouquetins aux humains. En l'écoutant, je repense à Palmira qui m'a confié marcher seule chaque matin quand elle retourne au Portugal. Quand je lui avais posé plus ou moins la même question – pourquoi ne pas marcher en compagnie d'autrui ? –, elle m'avait donné plus ou moins la même réponse : les autres sont trop pressés. Je me dis que mes petits camarades trentenaires et moi devrions en prendre de la graine. Au lieu de tout – la reconnaissance, l'argent, le sens – vouloir tout de suite, nous ferions mieux de laisser le temps au temps. D'ailleurs, ce n'est peut-être pas un hasard si nous sommes si nombreux à nous passionner subitement pour la randonnée après nous être passionnés pour la course à pied quelques années auparavant. Ça traduit peut-être un désir de ralentir. Peut-être l'humanité n'est-elle pas condamnée. En tout cas, moi j'y crois : tant qu'il y aura des polaires Quechua, il y aura de l'espoir.

Soudain, un invité surprise m'extrait de mes pensées. À quelques mètres de nous, un chamois a rejoint notre tablée sans table.

∞ ∞ ∞

Une petite heure déjà que nous sommes là, immobiles. À ma gauche, Palmira porte des lunettes tout droit sorties des années quatre-vingt-dix. Aujourd'hui, elle n'est pas la Palmira que je connais.

D'ordinaire, Palmira partout s'agite. D'ordinaire, pas une seconde, elle ne tient en place. Elle papote, elle rit, elle charrie. Elle frotte, elle gratte, elle essuie. « Allo ! », « Ça va ? », « Merci. » Aujourd'hui, Palmira est muette. Elle guette en silence la surface de l'eau. Quand nous sommes arrivés, un poisson s'en est extrait pour nous souhaiter la bienvenue. Depuis, plus rien à signaler.

Tranquillement ballotés par la brise estivale qui caresse nos visages, nos flotteurs font trempette. Pas une seule fois, ils n'ont daigné plonger. Pourtant, Palmira ne semble pas trop inquiète. Elle ne ressent pas non plus le besoin pressant de combler le vide apparent. Elle, qui est d'habitude si bavarde, se contente d'admirer les reflets dorés sur le lac. C'est elle la cheffe, donc je l'imite sagement. Puisqu'elle l'a décidé, ce matin les mots seraient de trop.

À la faveur de ce silence, mon esprit divague. Je me dis que Palmira a bien mérité cette quiétude matinale. C'est d'ailleurs sûrement ce qu'elle est venue chercher ici : le calme avant la tempête. C'est même certain en fait. La pêche n'est qu'un prétexte. Palmira n'y va pas pour ramener des poissons. Elle y vient pour profiter d'un instant de répit avant l'hyperactive journée qui l'attend. Bientôt, comme tous les jours que Dieu – ou je ne ne sais pas trop qui – fait, elle pensera à son mari, à ses enfants, à ses petits-enfants, à ses voisins, à ses voisines, à ses amis, à ses copines. Pour l'heure, Palmira pense à elle.

Je la revois partant de chez nous, la nuit tombée, une fois ma mère – « Madame Degouve » – rentrée du boulot. Chez nous, tout était propre et les devoirs étaient faits. Mais chez elle, le ménage restait à faire, le dîner à cuisiner et ses enfants, un peu plus âgés que nous, à éduquer. Je l'imagine alors s'activer de plus belle pour qu'autour d'elle personne ne manque de rien. Cet altruisme écrasant, ce sens quasi-inné de la générosité sont devenus chez elle comme une seconde peau. Il faut dire qu'elle a été formée à « bonne école ». Quand elle est arrivée en France à treize ans, il lui a vite fallu filer garder des enfants pour gagner un peu d'argent. Déjà plus tôt au Portugal, elle aidait les gens du village dans les champs avoisinants. Aujourd'hui, elle vient de passer à la retraite mais l'oisiveté continue à lui échapper. Plus tôt ce matin, quand je l'ai retrouvée dans la cuisine, elle était occupée à préparer le repas du midi.

« Ça mord, ça mord ! »

La voix de ma camarade de pêche vient me sortir de mes pensées. Enfin, un poisson. Alléluia. Palmira redresse sa canne. Son hameçon apparaît. Comme le vers qui lui tenait compagnie quelques secondes plus tôt, il est nu. Palmira éclate de rire. Je ris aussi et me moque d'elle :

« T'es aussi nulle que moi en fait ! »

Elle riposte du tac au tac :

« C'est toi qui me porte la poisse. La semaine dernière, j'en ai choppé sept en moins d'une heure. »

Elle m'explique qu'il y en avait tellement que son mari et elle n'ont pas pu tous les manger. Elle en a donné la moitié. Je me demande ce qu'elle veut dire par la moitié de sept. Trois et demi ? C'est bizarre quand même d'offrir un demi-poisson. En tout cas, je suis rassuré : la Palmira que je connais n'a pas disparu, son humour et sa générosité légendaires sont revenus.

Je profite du mouvement pour lui demander qui lui a appris à pêcher.

« Bah, personne ! C'est pas compliqué. Pas besoin d'avoir le bac ! »

J'aurais dû m'en douter, la question était bête. Palmira n'a besoin de l'autorisation de personne pour faire les choses. Elle les fait. Un point, c'est tout. Elle m'explique avec un tantinet de fierté qu'elle est l'unique femme du village qui pêche. Je repense à la partie de pétanque de la veille. Elle était l'une des deux seules participantes parmi une flopée de mâles. Les féministes d'aujourd'hui y verraient peut-être les symboles forts d'une émancipation courageuse. Palmira, qui ne va tarder à renfiler son tablier d'épouse docile, de mère serviable et de grand-mère gâteau, semble juste trouver dans ces « trucs de mecs » des plaisirs simples qui lui font du bien. Alors n'en déplaise aux traditions qui voudraient la cantonner à la cuisine, elle relance son hameçon avec conviction.

« On ne va pas tarder, je dois aller laver l'église. »

∞ ∞ ∞

Cet après-midi, j'ai rendez-vous avec ma sœur. J'ai une grande nouvelle pour elle.

Il faut dire que ça fait un bail. Comme tous les étés, celui qui est sur le point de s'achever est passé beaucoup trop vite à mon goût. Sur le sentier côtier, je suis heureux d'avoir trouvé un moment pour papoter avec ma petite sœur malgré tout. Depuis sa mort, elle a gardé pour moi le rôle d'ange gardien qu'elle avait de son vivant. J'ai d'ailleurs mis en bas à droite de mon bureau d'ordinateur la photo d'elle le doigt levé prise dans un aéroport ensoleillé. Aujourd'hui, je me réjouis à l'idée de la retrouver. Je presse le pas au milieu de la bruyère qui, déjà, a revêtu des couleurs d'automne. Le rythme des battements de mon cœur s'accélère, mon souffle se fait plus bruyant. La pente est raide, mais le jeu en vaut la chandelle. Bientôt, j'aurai face à moi la plus belle vue du monde.

Ça y est. Enfin, j'y suis. Au sommet de la falaise. Devant mes yeux, la baie de Douarnenez est recouverte par un tapis de grands nuages gris. Devant mes yeux, le ciel menace et l'averse attend son heure qui approche. En moi, une fresque colorée se dessine et contraste avec ce spectaculaire monochrome. Je suis si content de revoir ma sœur. J'ai tant de choses à lui raconter. Si je lui ai donné rendez-vous face à la mer, en haut de cet immense rocher, c'est parce que quelques centaines de mètres plus loin, au beau milieu des flots, se trouve l'endroit exact où nous avons dispersé ses cendres. Cet endroit où j'ai vu, à travers les larmes, ces cendres ne faire soudain plus qu'un avec l'océan. Cet endroit où ma sœur a rejoint le tout. Cet endroit dont je me suis fait tatouer les coordonnées géographiques – N 48° 13' 08" / W 04° 25' 39" – au-dessus du coude. Ça y est. Enfin, j'y suis. Maintenant, par où commencer ? J'ai tant de choses à lui raconter.

J'entame mon monologue qui n'en est pas un par là où se doit de débuter toute conversation digne de ce nom : le moins important. Je parle donc de mon travail. J'évoque ma frustration concernant un projet sur lequel mon associé et moi avons réfléchi pendant des semaines. Les clients potentiels n'ont pas daigné donner une réponse à notre proposition. Pas un merci. Rien.

« Quelle bande de bouffons ! »

J'emploie à dessein le terme « bouffons ». C'était l'un des mots préférés de ma sœur. De son vivant, sa vulgarité parfois me perturbait. Mais au moins, elle ne se donnait pas des grands airs. Elle était entière. Quand elle aimait, elle aimait à fond. Quand elle n'aimait pas, elle n'aimait vraiment pas. Et elle trouvait sans problème les mots pour le faire savoir. Aujourd'hui, je vois dans les noms d'oiseaux dont elle usait une marque remarquable de sincérité.

Je ne me m'attarde pas sur ces « bouffons », ils n'en valent pas la peine. Je lui raconte les quelques jours que j'ai passés au Portugal avec Palmira :

« … pas un seul poisson. Comme l'année dernière. Hchouma ! Mais bon, t'aurais kiffé. La fête du village, la corrida, toussa toussa. »

Bien sûr qu'elle aurait « kiffé ». Je l'imagine, impatiente, en train de pêcher avec Palmira et moi : « C'est pas qu'on se fait chier mais qu'est-ce qu'ils foutent les poissons ? ». Je m'interdis d'imaginer trop fort. J'ai peur que ça ne chasse la joie procurée par nos retrouvailles.

Je lui partage aussi l'envers du décor :

« Bon en vrai, ça a aussi été une année compliquée. Pas mal de froucousse. Et puis ton Didou, il a fait nawak. Il a fumé beaucoup trop de pets et s'est mis beaucoup trop de caisses. »

Si je lui confie tout cela, c'est que je sais qu'elle ne me juge pas. Ce n'est pas le style de la maison. Et puis, si j'ai eu recours à la bonne vieille technique de la fuite dans les psychotropes, c'est un peu à cause d'elle. Elle n'avait qu'à pas nous quitter si tôt. Souvent, elle me manque terriblement. Parfois, j'ai encore le sentiment que la vie ne vaut pas la peine d'être jouée sans elle. Alors j'anesthésie ma mélancolie. Mais je ne lui en veux pas. Si j'ai survécu, c'est grâce à elle. Grâce à l'extraordinaire appétit pour la vie qu'elle nous a transmis. Nous n'allons rien lâcher. Avec mon frère, nous lui avons promis lors de son enterrement. Nous allons vivre des vies riches et belles.

« En parlant de vie riche et belle, passons aux choses sérieuses. Je suis pas venu te voir pour étaler mes états d'âme. J'ai quelque chose à t'annoncer. »

Je marque une pause pour maintenir le suspens. Je m'apprête à lui livrer en exclusivité mondiale un scoop intersidéral.

« Bon, tu n'as pas eu la chance de la croiser en « vrai » mais je t'ai parlé de Pauline. Eh bah, je crois que c'est « the one ». Je ne sais pas encore où, je ne sais pas encore quand, mais je vais la demander en mariage. Quand je reviendrai l'année prochaine, Didou, il sera fiancé. »

En prononçant ces mots, je sens une immense vague de joie envahir mon corps. En moi, les « Youhou ! Youhouhou ! » de ma sœur résonnent. Soudain, mes pieds s'élèvent du sol. Sans trop savoir pourquoi, je me suis mis à danser. Je sens ma sœur danser à mes côtés. Elle adorait ça, alors elle s'en donne à cœur joie. Pourquoi la danse serait-elle un privilège réservé aux vivants ? Les morts aussi ont le droit de lever les genoux en l'air. Elle bouge les bras comme elle le faisait sur la chanson *Makeba*. Ensemble, nous célébrons l'union à venir.

D'un seul coup, la raison me rattrape. Que penserait de moi un marcheur bravant le mauvais temps et m'apercevant ? À la limite, parler « seul » à haute voix, pourquoi pas. Mais danser, quand même… J'esquive la raison pour faire durer le moment. On n'annonce pas tous les jours à sa sœur que l'on va demander en mariage la personne que l'on aime. Alors on a bien le droit d'en profiter.

« Makeba ma que bella... Ooohe »

Un rayon de soleil transperce la chape de nuages pour venir scintiller sur l'océan à l'endroit précis où repose ma sœur. Je ne crois pas franchement aux signes, mais je salue le clin d'œil.

« Nique sa mère les randonneurs. Ça fait plaiz' de fêter ça avec toi, ma petite Minounette ! »

∞ ∞ ∞

Je traverse la route. À ma droite, un pavillon de banlieue. Pas celui qu'habitent mes parents, dont ma sœur a poussé le portillon triomphalement. Celui qu'ils habitaient avant, où j'ai passé une bonne partie de ma vie. De deux à quinze ans.

Ça me fait toujours bizarre de le revoir. Il n'est pas particulièrement original. Lui aussi ressemble beaucoup à tous les autres pavillons de toutes les autres banlieues. Mais dans celui-ci, j'ai laissé une partie de moi. Dans celui-ci, j'ai vécu plein de premières fois. Trêve de nostalgie. Je ne suis pas venu rendre visite à mon enfance. Je suis venu faire un « coucou » à Palmira. Cinq minutes. Pas plus. Ensuite, il faudra que je file.

Je marche encore quelques mètres. C'était pratique, elle n'habitait pas loin. J'y suis. Derrière moi, une Kangoo, la voiture de mes rêves. Devant moi, un portail vert. Je sonne. Aussi loin que je me souvienne, c'était déjà cette sonnette-là chez Palmira. Qu'est-ce que j'ai aujourd'hui à m'émouvoir de petits riens d'hier ? Une tête sort de la porte-fenêtre. C'est Tototo.

« Didou ! »

J'avais la flemme de venir, j'ai failli annuler. On ne se refait pas. Mais l'enthousiasme de ce « Didou ! » réduit en un instant ma fainéantise à néant. Je suis heureux d'être ici. J'aurais été bête de ne pas faire un crochet.

Palmira m'invite à la rejoindre sans tarder. Je m'exécute en jetant un coup d'œil aux jolies fleurs tropicales dont elle prend tant soin dans la petite véranda qui sert ici de hall d'entrée. À ma gauche, la télé. Petits, quand nous étions invités, elle restait allumée pendant le déjeuner. Ce n'était pas notre seule source de motivation, mais ça contribuait largement à nous donner envie d'aller manger chez Palmira. Maman, pourquoi à la maison, on n'a pas le droit, et chez Palmira, on peut regarder la télé quand on mange ? J'imagine que la réponse était « C'est comme ça. » Face à la télé, assise sur le canapé, la fille de Palmira, Sylvie. « Bib » pour les intimes. Ça faisait longtemps, je suis content.

Quand sa mère était notre nounou, Bib était notre baby-sitter attitrée. Chaque mois ou presque, elle nous partageait sa passion pour Disney. Et souvent, elle nous cuisinait des pâtes à la carbonara dont la généreuse dose de crème a laissé en moi un souvenir mémorable. Depuis, elle est devenue maîtresse. Je n'y avais jamais pensé, mais je me dis qu'on était un peu ses cobayes. Elle devrait nous remercier d'avoir payé les pots – de crème – cassés. Je me dis aussi que ce n'est sans doute pas complètement un hasard si elle a choisi cette voie. Sa mère a quitté l'école à douze ans, alors forcément, pour elle, l'école, c'est important. En devenant institutrice, c'est un peu comme si elle rétablissait une forme de justice. Pour pimenter l'exercice, elle a choisi de se spécialiser dans l'accompagnement d'enfants en situation de handicap. Quelle belle vocation ! C'est grâce à des gens comme elle que Bernard a pu mener une vie « normale », qu'il a pu accepter sa différence et vivre en parfaite indépendance. Mais quel métier compliqué ! Sylvie me confiera plus tard qu'elle est au bout du rouleau. Les moyens dérisoires mis à disposition, la gestion chaotique de la hiérarchie, le manque de reconnaissance des parents et la violence de certains enfants font qu'elle est sur le point de baisser les bras.

« Tu veux un café ?

– Grave !

– Du sucre ?

– Nan, merci. »

Palmira appuie sur le bouton. Le bruit de la machine retentit. Mon café est servi. Nous passons dans la salle à manger. Sur le chemin qui nous mène à la pièce d'à côté, Palmira m'interpelle :

« Ah, au fait, je t'ai pas dit : j'ai fait dire une messe pour Mimie. Depuis le temps... »

Elle m'explique qu'elle a failli nous prévenir avant de décider de s'abstenir. Aucun souci. Évidemment. Je comprends que c'était important pour elle. C'est sa manière à elle d'être en paix. Si mon frère et moi parlons souvent d'elle comme d'une « deuxième maman » – toutes proportions gardées, il nous arrive malheureusement de passer des mois sans la voir –, l'inverse est vrai aussi. Elle nous considère, je crois, un peu comme ses enfants. Comme je l'ai appris dans la douleur avec ma mère, il n'y a rien de pire pour une maman que de perdre un enfant. Alors, j'espère que la célébration à l'église lui a fait du bien.

Dans la pièce adjacente, parents, frères et sœurs de Palmira nous attendent sagement. Réunis dans un cadre en bois au kitsch désuet, ils posent à côté d'une Tour Eiffel dessinée et semblent veiller sur nous. Ils ne sont pas les seuls à patienter en attendant que nous nous asseyions. Sur la table, une belle et grande pile de beignets délicieux guettait aussi notre arrivée. Je me disais bien que l'odeur de friture était un peu plus marquée que d'habitude. Ça sent bon le Portugal. Je me réjouis que Palmira ne soit pas repartie dans son pays natal.

« Tu veux un petit digestif ? Je t'ai même pas proposé. »

Je la pardonne pour cette fois, mais qu'on ne l'y reprenne pas. Je refuse poliment. Si son époux, Joachim, avait été là pour m'accompagner, je me serais laissé tenter. Mais contrairement à lui, Palmira ne boit pas. Alors un café, ce sera très bien.

« Un petit chocolat alors ? »

Me voilà rassuré, je ne risque pas de mourir de faim. Cette fois-ci, je ne peux pas refuser. Tandis qu'elle part me chercher un signe sucré d'hospitalité, son téléphone sonne.

« Je te rappelle, Fernanda. »

En la voyant revenir les mains pleines, je me dis qu'elle ira au paradis. Je ne suis pas certain d'y croire à ce paradis, mais je suis sûr d'une chose : ce qui reste quand on part, c'est l'amour que l'on a donné autour de nous. Et qu'il soit en forme de poissons, de café ou de chocolat, Palmira en aura donné des tonnes de cet amour.

∞ ∞ ∞

Emmitouflé dans ma doudoune à la terrasse du Minute Papillon, je me dis que le hasard fait parfois bien les choses. C'est lui qui a mis ce café au nom évocateur sur mon chemin alors que je cherchais un endroit où écrire à ma sœur. Inspiré par cette coïncidence, je sors aussitôt mon carnet. Sur sa couverture, trois poissons bleus me regardent dans les yeux. Je me lance.

Minounette, ma petite Minounette,

C'est la première fois depuis que tu es partie que je t'écris une lettre. Peut-être la première fois tout court d'ailleurs. Avant, pas besoin de s'écrire. On se voyait souvent. Depuis, on papote de temps en temps en haut du Guern. Mais je me suis dit que ce serait « coolos' » de te raconter un petit peu ma vie sur ce carnet.

Avant de te raconter ce qui se passe en ce moment pour le Didou, commençons par le commencement : joyeux Noël ma petite Minounette ! C'est vrai ça. Joyeux Noël par-ci, joyeux Noël par-là, et je ne l'avais toujours pas souhaité à ma meilleure pote, la Minounette. Comme tous les ans, on a fêté ça chez le petit Papi et la petite Mamie. Tu les aurais vu… Au taquet, les « vieux » ! Parfois, le Papi était un peu essoufflé, mais ils ont assuré. Comme chaque année, on a mangé des petits plats délicieux. Fruits de mer, poisson, salade de fruits, foie gras, dinde aux marrons, bûche, escargots, sanglier. La « classique » comme on dit dans le jargon des gourmands. Parfois, j'avais l'impression d'être le seul à faire honneur à ces bons petits plats. Dommage que ma Minounette n'ait pas été là. On aurait été deux. Alex, le pauvre, a eu une petite gastro, mais de toute façon, il n'a jamais autant aimé manger que nous.

Bon, du coup, le Papoune et la Mamoune m'ont traité de « gros Didou ». Après, sur ce coup, ils n'avaient pas complètement tort. J'ai passé la barre mythique des quatre-vingt-dix kilos, Minoune. Là, je crois qu'on est vraiment sur un énorme Didou. L'excuse est douteuse, mais j'ai arrêté de fumer des clopes il y a plus d'un an maintenant. Je suis content. Et un peu fier de moi aussi. Parce que c'est vraiment de la merde cette merde. J'avoue que je triche un peu : parfois, je me fais une petite chicha avec Pauline – ta future belle-sœur. Youhou ! Youhouhou ! –, parfois un petit « pet' » avec des potes – je crois que je devrais complètement arrêter parce que je sens que je suis faible face à la « schnouf » mais bon... Un combat après l'autre. Bref, tout ça pour te dire que j'ai peut-être un peu compensé la clope par l'alcool et la bouffe – oups ! – et que j'ai une bonne grosse bedaine de bon gros « daron ».

C'est d'autant plus un problème qu'il y a un petit évènement de rien du tout qui m'attend l'année prochaine. T'es au courant, je sais, et t'es invitée, évidemment. Mais quand même, parlons-en. Le Doudi qui se marie. Truc de « ouf » ou pas truc de « ouf » ? Un peu beaucoup truc de « ouf », nan ? Si on t'avait dit, il y a trois ans et demi que le Doudi allait rencontrer la fille la plus extraordinaire de l'univers – bon, d'accord, à égalité avec toi – et qu'il allait lui « passer la bague au doigt » comme on dit dans le jargon des « lovers », tu l'aurais cru ? Franchement, moi, non. On va faire une belle fête. Une belle et grosse fête avec plein de gens qu'on aime trop. Je pourrais faire le « mytho » et dire que si, mais honnêtement ça va pas être facile. Bah oui, même si tu seras là différemment, c'est sûr, tu vas tous nous manquer très très très fort. Un peu comme à Noël, mais encore plus fort. Il va falloir chasser la « froucousse ». Mais on te l'a promis, on ne va pas lâcher l'affaire. On va se battre et continuer à aller chercher ce putain de bonheur. Bref, ça va être une super fête de mariage. Ramène tous tes potes les poissons – petit clin d'œil à la couverture du carnet « tmtc ».

Un Didou avec un gros « bidou ». Un Didou bientôt marié – si Pauline ne change pas d'avis. Quoi d'autre ? Un Didou propriétaire. Quoi ? Eh oui, ça investit dans la pierre, tranquille. Dans une « appart' » de gros « daron » avec vue sur le parc de la Villette. De la grosse grosse balle. Une vue de « ouf ». Une pièce principale de « ouf ». Tout de « ouf ». On a fait la petite déco avec Popo. C'est pas encore fini, mais je crois que ça te plairait. L'idée est de se faire un petit nid épuré et « cosy » à la fois. D'y être bien avec Mahmoud, notre chat – et « inch'Allah » ses futurs frères et sœurs. Youhou ! Youhouhou ! –. Et d'y accueillir la famille et les potes. On va acheter une grande table pour faire des beaux et gros dîners – gros Didou, sors de ce corps ! –.

L'automne a été un peu fatigant avec les petits travaux, « toussa », « toussa ». Mais ça valait le coup. Tu verrais la petite Popo avec Mahmoud sur le ventre. Trop douce à l'infini. Je l'aime trop trop trop. Je vais la retrouver dans quelques minutes. Elle revient de Nice où elle a passé Noël avec sa famille. Elle arrive à dix-sept heures cinquante-deux à Gare de Lyon si je ne me trompe pas. Hyper hâte ! Ce soir, petit film. Demain, petite journée « tranquillou ». On a réservé un petit massage… d'une heure trente. Et on va sûrement aller craquer pour un petit meuble ou une petite plante pour l'« appart' ». Petite vie de « daron » en somme. Petite rentrée des classes au boulot lundi. Je t'avais dit : Solenne a rejoint l'équipe quelques mois après moi. Je bosse pas mal avec elle. Elle est trop « coolos' ». Toujours le sourire, jamais de prise de tête, jamais à prendre les gens de haut. Ça me fait parfois penser à quelqu'un. Elle va se mettre en « coloc » avec Fanny et Raph'. Mon petit doigt me dit qu'on y pensera souvent à la Minounette. Je suis passé à l'« anniv' » de Lydia l'autre jour aussi. Et on a parlé de toi avec la petite Thuthu.

Voilà, voilà, tu nous manques à tous très fort. Surtout à ton Didou qui t'aime à l'infini. Mais un peu – beaucoup même – grâce à toi, la vie est belle. Je t'aime fort ma petite Minounette. Je file rejoindre ma future femme et te dis « à bientôt ». Youhou ! Youhouhou !

Infini de bisous.

∞ ∞ ∞

Steaks hachés et petits pois engloutis, il est temps de passer aux choses sérieuses. Mesdames et messieurs, installez-vous confortablement, le spectacle va bientôt commencer.

De la cuisine, nous passons au salon. À notre droite, la collection de grenouilles de Bernard s'est mise sur son trente-et-un pour nous accueillir. Ces grenouilles-là ne croassent pas. Faites de bois, de plastique, de métal ou de verre, elles ont été dégottées depuis plus de quarante ans maintenant au fil des voyages, des boutiques, des brocantes et des vide-greniers. Bon nombre lui ont été offertes, les autres ont été achetées ou récupérées par mon oncle. Réunies dans une vitrine poussiéreuse, elles ont fière allure en cette belle soirée de début d'été. À première vue amusants, voire quelque peu inquiétants, ces batraciens immobiles deviennent vite fascinants. Quel beau témoin du génie humain que ce motif aquatique décliné à l'infini !

Aussi grandiose soit-elle, cette vision n'est rien comparée à ce qui nous attend. Première étape : s'armer de la télécommande. Deuxième étape : allumer la télé. Mais attention, pas question ce soir d'explorer les merveilles du paysage audiovisuel français. Ce soir, c'est en direction de l'histoire familiale que nous partons. La magie de la technologie a permis à Bernard d'archiver sur son téléviseur des centaines et des centaines, des milliers peut-être même, d'images retraçant ses randonnées et les moments qu'il a partagés avec les membres de la famille. Il ne s'est pas contenté de stocker les photos numériques de ces dernières années. Il est retourné dans le passé et a accompli un travail titanesque en digitalisant une à une les diapositives de ces dernières décennies. Je dois avouer que lorsqu'il m'a fait part, sur le sentier côtier, de son intention – prendre en photo les diapos projetées sur un mur –, j'étais dubitatif. Le jeu en vaudrait-il la chandelle ? Pourquoi déployer tant d'efforts pour un rendu qui s'annonçait hasardeux ? J'étais tenté de lui dire qu'il y a des professionnels dont c'est le métier de faire revivre les reliques photographiques. Mais il semblait déterminé. Alors je m'étais tu. Après tout, qui étais-je du haut de ma trentaine pour remettre en question ce qu'il s'était choisi comme grand projet de retraite ?

Assis à ses côtés, je suis bluffé. Bluffé par la qualité des images. La netteté de ces anciennes diapositives métamorphosées en fichiers prenant forme sur un écran pixellisé est remarquable. Pourtant, ce n'est pas cette netteté qui me saute en premier aux yeux. Ce qui me frappe de plein fouet, c'est la qualité intrinsèque des clichés. J'ai fini par annoncer à mon associé que j'avais envie de passer à autre chose, mais avant cela, juger de la qualité de photos et de vidéos était ce que je faisais pour gagner ma vie. Je ne suis donc pas le mieux mais pas non plus le moins bien placé pour formuler un avis en la matière. Et ce que je vois me plaît beaucoup. Les cadrages sont précis, les sujets parlants et les émotions puissantes. Chapeau l'artiste !

L'artiste en question ne semble néanmoins pas conscient de la grandeur de son œuvre. Il s'excuse à moitié de nous emmener à la découverte de ce formidable répertoire iconographique soigneusement trié par thème et par année. Il évoque avec admiration son médecin qui, lui, fait de « vraies » photos d'animaux. La modestie n'est pas feinte, l'humilité est touchante. Je ne les ai pas vues les photos de ton médecin, mais je te promets qu'elles ne valent rien à côté des tiennes. Rien. « Nada ». « Nothing ».

Tiens, voici mon grand-père sur le port de Morgat. Je ne l'ai jamais connu. Ou plutôt si, je le connais, mais différemment. Ce n'est pas la première fois que je vois une photo de lui. Et puis mes autres grands-parents – ceux du riz au lait et du lapin à la moutarde – m'en parlent souvent. Mon grand-père vit ainsi par les récits que l'on me fait de lui. En ce sens, la vision occidentale de la mort est devenue à mes yeux ridiculement réductrice et terriblement immature depuis le décès de ma sœur. Comme si un jour, on était, et le lendemain, on n'était plus. Avant de naître, un enfant fait l'objet de projections de la part de ses parents. À peine en est-il au stade d'embryon et souvent même bien avant, que déjà ses géniteurs voient en lui un futur surdoué ou une star du ballon rond. Selon moi, ces projections font l'essence de notre humanité. Selon moi, une personne existe dans la tête d'autres gens avant d'exister dans un couffin. Et cette existence n'est pas moins réelle que lorsqu'elle s'incarne dans la matière. Il en va de même avec la mort. On ne cesse pas d'exister lorsque notre enveloppe physiologique emménage sous terre entre six planches de bois. On continue à habiter dans l'esprit des gens qui croisent notre trajectoire. Alors oui, je connais mon grand-père. Je le connais même personnellement.

Voici maintenant son fils, mon père. Toujours en Bretagne, il joue sur la citerne où je jouerai à mon tour un quart de siècle plus tard. En le voyant, j'imagine face à lui son frère, Bernard, de sept ans son aîné. Posté derrière son appareil photo, ce frère s'émerveille des facéties de son cadet. Pourquoi ressent-il le besoin instinctif d'immortaliser les rires de son petit frère ? Pourquoi, cette fois-ci, n'est-il pas en train de jouer avec lui comme il le fait si souvent et si patiemment ?

Bernard a compris bien avant moi que les images sont magiques. Très jeune, il a commencé à cristalliser nos souvenirs partagés. Grâce aux images, il n'a ensuite eu de cesse de donner de la matière aux projections que nous faisons les uns sur les autres. Sans lui, j'aurais eu bien plus de mal à me représenter mon grand-père ou à imaginer mon père enfant. À chaque mariage, chaque baptême, chaque évènement, chaque excursion anodine, il se tient prêt à capturer le moment opportun.

Il m'a un jour confié que cette posture était pour lui confortable. Lui qui distingue mal ce qu'on lui dit dans le brouhaha d'une foule préfère rester derrière son objectif. Puisque la nature lui a confié des oreilles capricieuses, il a choisi d'en être les yeux. Quand il parle de cette place qu'il a trouvée par défaut, aucune rancune ne transparaît dans sa voix. Ça n'a pas toujours été aussi simple – il a été adolescent, comme je l'ai appris à ma grande surprise – mais il semble à présent avoir parfaitement accepté ce rôle confié par l'univers.

Moi qui ai une fâcheuse tendance à me faire des nœuds au cerveau en me demandant ce que je fais sur terre, je ne peux que lui tirer à nouveau mon chapeau. Comme lui quand il prend une photo, je me sens ce soir à ma place sur son canapé vert. Assis entre mon oncle et ma future épouse.

∞ ∞ ∞

L'éclaircie sera de courte durée. Pourtant, le retour des nuages noirs ne suffira pas à faire disparaître le sourire sur mon visage. Aujourd'hui, devant la mairie du dix-neuvième arrondissement de Paris, rien ne peut m'arriver.

Mariage oblige, Palmira s'est endimanchée en ce samedi de fin d'été. À ma droite, face aux téléphones de nos autres invités braqués sur nous, elle n'a rien à envier aux stars cannoises du festival. À ma gauche, son mari, Joachim, semble, lui, moins à l'aise avec l'exercice. Entre lui et moi, celle qui est devenue mon épouse il y a quelques minutes est d'une beauté sidérante. Les larmes que nous avons versées tous les deux pendant la cérémonie ont séché depuis. Elle rayonne. Entre ma deuxième maman et celle qui – je n'en reviens toujours pas – a accepté de passer avec moi le restant de son existence, je suis le roi du monde.

Quelques instants plus tôt, c'est aux côtés de mes parents que nous avons posé pour les traditionnels clichés de sortie de la mairie. Sur les images, on pourrait croire que leur présence est une évidence. Au fond de moi, je sais bien qu'elle est le fruit d'un combat. Depuis le décès de ma sœur, chaque moment passé ensemble l'a été. Je remercie la vie d'avoir gardé mon père et ma mère unis. Outre la logistique de la journée, ça aurait rendu quelques autres pans de mon existence plus compliqués si elle les avait séparés.

Je fais le malin en parlant d'eux. Je le faisais moins hier en m'endormant. Comme prévu, j'ai pensé à ma sœur. Je m'y étais préparé, mais je ne m'attendais pas à ce que sa présence soit d'une telle intensité. Cette présence ne m'a pas rendu triste comme ça peut parfois encore être le cas. Elle mettait juste en lumière la chance immense que j'ai. J'avais beau penser en silence « je sais bien, je vais me marier avec la personne la plus merveilleuse de l'univers », ça ne suffisait pas. Cor ma sœur avait voulu que je verbalise cet amour sans attendre. Il était tard. Nous digérions notre pizza quatre fromages et nos frites pré-mariage. Je n'allais tout de même pas réveiller la future reine de la journée. J'ai fini par faire entendre raison à la voix de ma sœur en moi.

Sur le parvis, nos invités commencent à s'agiter. Parmi eux, mes deux témoins : mon frère et mon ancien associé. Des amis d'enfance aussi. Ça fait belle lurette que Palmira ne me promène plus en poussette. Elle a néanmoins l'air heureuse de revoir des têtes connues. Elle me demande où est celui qu'elle n'a pas reconnu à la Foire aux Fromages et aux Vins. Elle souhaite s'excuser. Je lui montre de l'index le plus petit de la joyeuse troupe. Du haut de son mètre cinquante-cinq, elle me remercie en riant :

« Bah, je vais lui dire de manger de la soupe à celui-ci aussi. »

∞ ∞ ∞

Sur la plage, Bernard s'affaire. Il creuse, il verse, il tasse. Pas de temps à perdre.

Bientôt, l'embarcation en sable qu'il est en train de façonner accueillera ma petite cousine, Mia, et sa petite sœur, Ava. Bientôt, elle devra résister à la marée dans un combat épique bien que perdu d'avance. Alors

Bernard s'affaire. Où puise-t-il toute cette énergie ? Sans doute dans les rires à venir de mes petites cousines. Oui, lui qui n'en a pas eus et n'en aura jamais, c'est sûrement dans la joie des enfants qu'il trouve sa formidable ardeur. Grain après grain, pelletée après pelletée, le bateau prend forme. Soudain, une vague un peu plus téméraire que les autres – peut-être une lointaine descendante de celle qui nous avait secoués avec ma sœur – vient chahuter sa proue. Ava et Mia peuvent s'installer. Le combat peut commencer.

Trente-sept ans plus tôt. Sur la même plage, face au même rocher, Bernard s'affairait. Il creusait, il versait, il tassait. Pas de temps à perdre. Bientôt, l'embarcation en sable qu'il était en train de façonner accueillerait ma cousine, Katia, et son frère jumeau, Ronan. Aujourd'hui, Mia – de son quatrième prénom, Amélie – a tout juste quatre ans. Comme sa maman, Katia, à l'époque. Si les années ont passé, l'enthousiasme de Bernard reste intact. Il déploie la même énergie à construire un robuste navire pour Mia qu'il déployait pour sa mère. Bientôt, le va-et-vient de l'océan aura recouvert son œuvre. Demain, il faudra tout reconstruire. Mais peu importe. Pour l'heure, il faut s'activer avant qu'il ne soit trop tard.

À quelques mètres du chantier, j'admire le navire. J'admire aussi le courage de son concepteur. Il n'en a pas marre de bâtir des embarcations de fortune, encore et encore ? Manifestement, non. Comment fait-il pour ne pas se lasser après toutes ces années ? Il semblerait que la joie qui découle de son labeur soit une source inépuisable d'énergie. En tout cas, tel un Sisyphe des temps modernes, il répète les mêmes gestes, encore et toujours. Sa constance extraordinaire m'est si étrangère.

Lui, il a pris sa retraite après plus de trente ans passés à travailler dans la même usine. Moi, j'ai mis fin à ma dernière expérience professionnelle après deux toutes petites années. Lui, il a courageusement persévéré. Moi, j'ai lâchement changé de cap. Et je ne suis pas le seul. Autour de moi, la plupart de mes amis ont eux aussi changé plusieurs fois de voie. Ils ont souvent vécu dans plusieurs villes et connu plusieurs histoires d'amour. Puisque – on nous le répète partout – l'humanité court à sa perte, il faut dans l'instant trouver et donner du sens à nos vies. Sans cesse, nous gesticulons pour combler le vide et fuir notre finitude collective. La quête permanente de nouveauté est devenue la norme. La stabilité, l'exception. Tout doit être inédit. Tout doit être expérience. La répétition n'a pas sa place. La fuite est sans fin.

À contre-courant de cette gesticulation générationnelle, le spectacle de mon oncle sur la plage m'apaise. Ce rituel répété chaque année me replonge en enfance. Après mes cousins et avant leurs enfants, c'est pour mon frère, ma sœur et moi que mon oncle a construit des barques faites de sable. Le voir perpétuer la tradition me rassure. Autour de lui, la nature, elle aussi, me rassure. Face à moi, la mer est du même bleu qu'elle était quand le bateau de Bernard m'était destiné. À ma gauche, la falaise du Guern surplombe la baie de la même beauté majestueuse. Aux alentours, rien n'a changé ou presque. À Paris, l'eau a depuis coulé sous les ponts. Ici, tout se passe comme si le temps s'était arrêté. À Paris, je ressens à chaque instant l'urgence de « faire quelque chose de ma vie ». Ici, les paysages immuables atténuent cette angoisse. Ici, je me sens immensément minuscule. Ici, l'océan met l'urgence sur pause.

L'urgence existentielle, peut-être, mais pas celle de sauver le bateau de mes petites cousines. Bernard a besoin d'aide. Pas question de laisser sans broncher les vagues effectuer leur travail de sape. Aussitôt, il vient consolider le pan du bateau qui s'affaisse. Je lui prête main forte tant bien que mal. Mais déjà, de l'autre côté, de nouvelles fissures apparaissent. L'heure est-elle venue de baisser les bras ? Évidemment que non. Tant que l'océan n'aura pas englouti l'intégralité du navire, Bernard se battra pour offrir à Mia et Ava quelques minutes de joie supplémentaires. Jusqu'ici, c'est mission accomplie : mes petites cousines affichent un grand sourire. Elles ne sont pas les seules. À leurs côtés, mon oncle aussi semble ravi.

Une ultime vague met fin à la scène de liesse. Je m'éclipse et emprunte le sentier qui mène en haut de la falaise. J'ai un petit service à demander à mon ange gardien.

∞ ∞ ∞

Cher je-ne-sais-pas-encore-comment-tu-t-appeleras-mais-je-sais-déjà-que-tu-seras-l-être-le-plus-extraordinaire-de-la-Terre,

J'espère que tu vas bien là où tu es. Je t'imagine confortablement installé dans ton bain ni trop chaud ni trop froid. Tu y es encore pour quelques mois donc tu dois sûrement te demander « qu'est-ce qu'il me veut encore celui-là ? ». Promis, je ne t'embêterai pas longtemps. Si je t'écris aujourd'hui, c'est pour te parler de quelqu'un à qui j'ai déjà beaucoup parlé de toi et qui compte beaucoup pour moi.

Elle s'appelle Amélie. C'est ma petite sœur et c'est donc ta tante. Samedi, ça fera tout juste six ans qu'elle est partie. En écrivant ces mots, je t'entends réagir :

« Rien que ça ? Je n'ai pas encore savouré ma première bouffée d'oxygène que tu me parles déjà de ceux qui ne sont plus là ? Tu es sûr de vouloir faire peser sur moi le poids du bagage familial ? Tu n'as pas peur que ça te

retombe dessus à l'adolescence ? Je te préviens, ce n'est pas moi qui paierai les séances de psy. »

Dans le fond, tu as raison. Cinq mois avant sa naissance est sans doute un peu tôt pour partager avec quelqu'un son histoire familiale. Mais ce n'est pas comme si j'avais le choix : cette histoire fait partie de moi, et demain elle fera partie de toi. Amélie est la première personne qui a su que tu allais pointer le bout de ton nez. Je suis allé me balader avec elle autour de la Cité des Sciences le lendemain du jour où ta maman et moi avons appris la nouvelle. Je lui ai fait part de la joie immense que cette nouvelle provoquait en moi. Je lui ai aussi demandé de veiller sur toi comme elle veille sur moi. Il semblerait d'ailleurs qu'elle n'ait pas trop mal fait son boulot puisque tout laisse à penser que tu te portes à merveille.

J'ai beaucoup de chance d'être son frère et tu as beaucoup de chance qu'Amélie soit ta tante. Comme ta maman, comme Palmira et comme Bernard, elle appartient au club ouvert des « belles personnes ». Qu'est-ce que j'entends par là ? Bonne question, merci de la poser. La réponse n'est pas aisée, elle est intuitive et compliquée à rationaliser. Néanmoins, le plus petit dénominateur commun entre ces quatre représentants du club me semble être leur formidable générosité. Leur formidable capacité à se décentrer et à se demander comment ils pourraient rendre service ou faire plaisir autour d'eux. Quand elle était alitée, perfusée et affaiblie par des traitements particulièrement éprouvants, ta tante prenait sans cesse des nouvelles des gens autour d'elle. Sa capacité d'agir était terriblement limitée, mais par ce qui lui restait, la parole, elle s'assurait que chacun aille bien et, si ce n'était pas le cas, elle tâchait d'imaginer des solutions aux problèmes de tous. J'ai le sentiment que ce trait de sa personnalité a été exacerbé avec la maladie, mais qu'il préexistait – désolé d'utiliser un vocabulaire moyennement adapté à un enfant de moins cinq mois – et qu'il s'exprimait chez elle depuis toute petite. Je pense aussi que cette générosité ne s'est pas éteinte lorsqu'Amélie a livré son dernier souffle. Elle l'a, me semble-t-il, transmise à toutes celles et tous ceux qui ont croisé son chemin. Moi en tout cas, je suis le moins bien placé pour en juger, mais j'espère avoir hérité d'un peu de cette générosité et de ses autres qualités. J'espère être un peu « Amélie ». Et j'espère que tu le seras un peu aussi.

« Non seulement tu évoques la mémoire des morts, mais en plus tu la convoques – tu vois, moi aussi, Papa, je connais des mots compliqués – pour me mettre la pression. Tu ne trouves pas ça un peu gratiné ? Qu'est-ce qui se passe si je ne suis pas à la hauteur de cette illustre aïeule ? Tu te rends compte des désastres que ce genre d'injonctions peut engendrer sur la construction de ma personnalité ? »

À nouveau, j'entends ta voix réagir à ce que j'écris. Et à nouveau, tu as raison. Évidemment que tu n'auras pas à devenir Amélie ni qui que ce soit. Évidemment que tu devras trouver ta propre voie et que c'est déjà assez compliqué comme ça pour ne pas te rajouter de contraintes supplémentaires. Tout ce que je voulais te dire aujourd'hui, c'est que tu n'es pas seul.

Quand Amélie est décédée, tout s'est effondré. Je ne savais plus ce qui était bien ni ce qui était mal, et encore moins ce qui valait le coup de se lever le matin. Parfois, pour être tout à fait honnête avec toi – cela me semble être une bonne idée pour démarrer notre relation sur des bases saines –, je me demandais même « à quoi bon ? ». Et puis, j'ai puisé dans le souvenir d'Amélie des embryons de ma vérité. J'en ai également trouvés chez les autres « belles personnes » que j'évoquais – Palmira, Bernard et surtout ta maman que j'ai rencontrée quelques mois plus tard. J'en ai trouvés chez ta grand-mère, Carole, et chez ton grand-père, Yves. Chez ton oncle, Alexandre, et chez sa copine, Charlotte. Chez tes arrière-grands-parents et chez les autres membres de la famille. Chez mes amis et chez mes collègues. Chez des inconnus rencontrés, vus, lus ou entendus ici et là. Au fil du temps, toutes ces choses que j'apercevais chez les autres et qui me semblaient importantes se sont assemblées. Elles se sont cristallisées en moi et m'ont donné le courage d'avancer. Ces bribes de vérité, grappillées au détour de moments de joie partagés, se sont tant et si bien accumulées que j'ai un jour ressenti l'envie de donner la vie. Voilà pourquoi cette histoire est aussi la tienne.

Maintenant que je t'ai présenté ta tante et que je t'ai raconté comment sa trajectoire a influencé ma façon de voir les choses, je te laisse barboter. Dehors, comme le dit Vald, le monde est cruel, mais ne t'inquiète pas : il y a plein de gens qui ont hâte de faire ta connaissance et qui seront là pour toi, comme ils l'ont été pour moi, quand ça n'ira pas. Bref, je te laisse barboter et je m'en vais partager un grand plat de pâtes avec celle en qui tu as fait ton nid.

Je t'aime.

∞ ∞ ∞

Structures éditoriales du groupe L'Harmattan

L'Harmattan Italie
Via degli Artisti, 15
10124 Torino
harmattan.italia@gmail.com

L'Harmattan Hongrie
Kossuth l. u. 14-16.
1053 Budapest
harmattan@harmattan.hu

L'Harmattan Sénégal
10 VDN en face Mermoz
BP 45034 Dakar-Fann
senharmattan@gmail.com

L'Harmattan Cameroun
TSINGA/FECAFOOT
BP 11486 Yaoundé
inkoukam@gmail.com

L'Harmattan Burkina Faso
Achille Somé – tengnule@hotmail.fr

L'Harmattan Guinée
Almamya, rue KA 028 OKB Agency
BP 3470 Conakry
harmattanguinee@yahoo.fr

L'Harmattan RDC
185, avenue Nyangwe
Commune de Lingwala – Kinshasa
matangilamusadila@yahoo.fr

L'Harmattan Congo
219, avenue Nelson Mandela
BP 2874 Brazzaville
harmattan.congo@yahoo.fr

L'Harmattan Mali
ACI 2000 - Immeuble Mgr Jean Marie Cisse
Bureau 10
BP 145 Bamako-Mali
mali@harmattan.fr

L'Harmattan Togo
Djidjole – Lomé
Maison Amela
face EPP BATOME
ddamela@aol.com

L'Harmattan Côte d'Ivoire
Résidence Karl – Cité des Arts
Abidjan-Cocody
03 BP 1588 Abidjan
espace_harmattan.ci@hotmail.fr

Nos librairies en France

Librairie internationale
16, rue des Écoles
75005 Paris
librairie.internationale@harmattan.fr
01 40 46 79 11
www.librairieharmattan.com

Librairie des savoirs
21, rue des Écoles
75005 Paris
librairie.sh@harmattan.fr
01 46 34 13 71
www.librairieharmattansh.com

Librairie Le Lucernaire
53, rue Notre-Dame-des-Champs
75006 Paris
librairie@lucernaire.fr
01 42 22 67 13

Achevé d'imprimer par Corlet - 14110 Condé-en-Normandie
N° d'Imprimeur : 1255951 - Février 2023 - Imprimé en France